Sergio Farias

MANIPULADORAS

PRETÉRITO

Nova Friburgo - RJ
2020

PRETÉRITO

Projeto gráfico: In Media Res Editora
Capa: In Media Res Editora
Diagramação: In Media Res Editora
Revisão: In Media Res Editora
Dados Internacionais de Catalogação na Publicação (CIP)

F224m
Farias, Sergio
Manipuladoras / Sergio Farias - 1ª edição - Nova Friburgo – RJ. Pretérito, 2020
144p
ISBN: 978-65-81750-00-8

1.literatura erótica 2. erotismo. 3. romance. I Título

CDD: B869

Educatoris Instituto de Educação Multidisciplinar Ltda
Rua Abdo Abi-Ramia, 81
28630-090 - Nova Friburgo – RJ
www.inmediares.com.br

“Sexo não é tudo, mas é 100%”

...uma cearense me disse.

Capítulo 1

Era uma terça feira.

Eu tiraria cinco dias de folga e iria para uma cidade próxima.

Eu vinha querendo dar um tempo da minha rotina “insalubre” – acordar ao meio dia; preparar um “balde” de café forte; ler os jornais; zapear os canais pornôs da TV; começar a trabalhar lá pelas 15 horas; encomendar uma refeição ao anoitecer e ir dormir por volta das três da manhã.

Possuía pouquíssimos amigos, talvez por sempre ter focado minha vida nas mulheres.

Quando ficava mais de quatro dias sem “namorar”, entre um trabalho e outro, fuçava no WhatsApp atrás de companhia disponível. Sempre haveria alguém que atenderia às minhas pragmáticas solicitações.

Importante afirmar que toda essa atividade se dava sem eu botar o pé para fora casa.

Um presidiário tomava mais sol que eu. Em compensação eu ganhava bem pelo que fazia.

Já havia mais de três décadas que eu vinha construindo uma sólida reputação como ilustrador para revistas de pop rock e de cinema americanas, europeias e asiáticas.

Trabalhava no que gostava, pois sempre fui um cultor de música pop e cinéfilo amador.

Minha vinculação com um escritório de Nova York me permitia viajar muito, tanto a trabalho quanto de férias, já que dos Estados Unidos os voos são mais em conta.

Já havia rodado os cinco continentes e, como era solteiro e sem filhos, certa vez, quase que do dia para noite, comprei uma viagem ao Butão, também conhecido como “O Último Shangri-La”. Foi uma experiência não mais que exótica, e me vi longe de descobrir o tal paraíso terrestre oculto.

Por um terço do preço, teria ido para o que eu entendo como éden: caminhar pela deliciosamente tumultuada Times Square, num final de tarde.

Entretanto esses (exorbitantes) rompantes não eram comuns. Eu era muito certinho.

À exceção do sexo, não cometia excessos: não fumava, bebia pouco, cumpria prazos. Havia formado uma boa reserva devidamente aplicada em fundos de investimentos, fazia previdência privada e era proprietário de uma bela cobertura.

E ali estava eu. Pronto para sair: mochila nas costas, embora ainda tomando um chá de manteiga de laque (oriundo do Butão) em minha caneca nova-iorquina favorita.

Sempre que eu estava pensativo sobre algo, como uma forma de incentivar a reflexão, colocava meu potente sistema de som às alturas e ficava no meio daquela planta livre, a circular minha visão, lentamente, pelo apartamento, que sintetizava tudo que eu havia construído com sucesso.

Localizado no melhor bairro da cidade, em pleno vigésimo andar, eu morava do jeito que queria, habitando sozinho aqueles 100 m2, rodeado por janelões, com uma ampla visão da cidade, entrecorta por uma cadeia de montanhas.

O apartamento com planta em plano aberto tinha salão e cozinha integrados, uma confortável suíte e escritório planejado. Um ambiente *clean*, meticulosamente decorado com móveis de *design* dinamarquês, mesclado de alguns seculares e finos bibelôs herdados de meus pais, que haviam falecido no decorrer da última década. Essa harmonização entre o moderno e o pós-moderno era permeado pela quase total informatização do apartamento, já que eu era adepto das maravilhas tecnológicas disponíveis.

Minha autoindulgência circular sempre cessava numa parede onde eu expunha meu orgulho: uma reprodução autorizada do pintor escocês Stuart Sutcliffe, da série *Oils On Canva*, que valia uma nota preta, e com a qual eu havia sido premiado em um concurso de talentos na Grã-Bretanha.

Agnóstico e materialista como sou, aquele giro pelo meu universo particular funcionava como um "ritual" atestando que eu estava no caminho certo ao acumular riquezas... e mulheres.

Eu não tinha grandes amores que tivessem deixado reverberações, fragmentos ou ecos. Acho que, no limite, eu havia me tornado uma personalidade implacável.

Como num corolário lógico, eu era simpatizante do capitalismo, embora ainda mantivesse algumas referências na esquerda, oriundas da época da universidade, que me centrifugavam mais para a social democracia do que para o liberalismo clássico. O viés humanista me atraía. Eu não chegava a levantar bandeiras, no entanto, era defensor da legalização do aborto, descriminalização da maconha, casamento gay, e nem tinha mais carro, para corroborar com o meio ambiente.

Embora tivesse uma vida feliz, agora, na casa dos 50, um vazio existencial vinha se instalando em mim. Eu estava diferente. Talvez nem tão implacável assim.

Ultimamente, vinha tendo reações físicas relacionadas às minhas emoções, como tremores, falta de ar e, às vezes, até choro. Eu estava a flor da pele. Por quê?

Não tinha a mínima ideia. Ou talvez tivesse e não quisesse assumir, que, embora eu saísse com muitas mulheres, eu não tinha mesmo nenhuma.

Quem sabe essa emoção latente fosse excesso de solidão. Sentimento íntimo desde a infância.

Conquanto eu viesse de um lar de classe média, e sem nunca ter sido vítima de abusos físicos, como filho único, sempre me foi confuso esse meu compromisso amargo com a solidão.

Concretamente, eu vinha consumindo doses diárias de analgésicos para aplacar as dores de cabeça, além de uma insônia quase crônica e, ao invés de procurar um psicólogo, meu exacerbado senso pratico me fez antecipar meu *checkup* anual, cujo exame apontou carência de vitamina D e o colesterol um pouco fora da normalidade.

O clínico geral prescreveu um quadro de estresse e chamou a atenção para meu sobrepeso em relação à minha altura de 1,75 m.

Além de recomendar férias, me indicou um nutricionista e aconselhou que eu fizesse, no mínimo, uma caminhada de 35 minutos, três vezes por semana.

Eu iniciei os tais procedimentos, mas eles eram sempre interrompidos quando eu saía para jantar numa tratoria com alguma namoradinha, e depois, atracado a ela pela manhã, nada me fazia sair dali para encarar uma esteira.

Dane-se! Se eu fosse morrer, que morresse trepando.

No entanto, à exceção do cumprimento da minha circunferência abdominal, eu gostava do que via no espelho. Feições finas e cabeça forte que proporcionavam uma caixa de boa e sensual ressonância para as cordas vocais. A herança genética generosa me fez, sem academia, possuir ombros e tórax largos, bíceps torneados e mãos de dedos longos. O melhor talvez eu tivesse nas minhas pernas, misteriosamente musculosas e arrematadas por glúteos de fazer inveja. Além do mais, eu ainda mantinha uma quantidade de cabelos no limiar para não me colocarem na lista dos calvos.

Muito satisfeito pela maneira como vim ao mundo, e certeiramente usando esses atributos como armas de sedução, deixei-me embotar pela vaidade, me descuidando da saúde.

Então, após dias enfurnado em casa, trabalhando em ilustrações para uma biografia de Chubby Checker, por impulso, decidi tirar uns dias de folga.

Ultra-urbano como sou, meu "resort" favorito é um *loft* na MacDougal Street, no Soho, em Nova York. Além do charme do lugar, é possível contar também com o extra de poder esbarrar com Bob Dylan na vizinhança. Mas (nem por um decreto), eu conseguiria disponibilidade ali, pelos próximos seis meses.

O que restou para uns dias *off*, portanto, foi um *resort* (de fato), localizado numa cidade, na região serrana do meu Estado. A cidadezinha, a pouco mais de uma hora de distância, era rica por causa do agronegócio e, com isso, eu poderia contar com uma mínima estrutura. Eu não sobreviveria mais em um lugar que não tivesse uma livraria tipo *megastore* e uma Starbuck's. E mal sabia eu que minha vida estava para mudar para sempre.

Com o olhar fixo no quadro de Stuart Sutcliffe, o chá já no final, e o som que havia começado tocando "Lessons in Love", do Level 42, já terminando "Eye In The Sky", com o The Allan Parsons Project, desliguei tudo via celular, chamei um Uber e fui.

Finalmente cheguei à rodoviária... feliz.

Como num dia típico de final de outono, o céu estava ensolarado e límpido através dos panos de vidro do teto da rodoviária que, sustentado por longas colunas greco-romanas em ferro, forneciam luz natural ao local, lembrando as estruturas de Frank Lloyd Weight, meu arquiteto favorito.

Peguei meu tíquete na bilheteria localizada entre lanchonetes que revelavam um agradável aroma de café moído na hora e pão de queijo que acabava de sair do forno.

Neste ambiente aprazível, segui em direção à plataforma e por mim passou uma mulher. Observei-a como que em câmera lenta, em contraposição aos olhares fugazes que trocamos. Como ela era sensual! A minha primeira impressão dela foi de tesão. Lógico.

Alta. Provavelmente mais de 1,70m, sem o salto. Seu rosto era lindo, emoldurado por longos cabelos castanhos. Seus belos e opulentos seios faziam os mamilos forçarem uma justíssima camiseta *babylook* lilás.

Olhei disfarçadamente para trás e me fixei na sua cintura torneada, onde os quadris começavam a se dilatar até se concluírem num belo traseiro bem modelado por uma calça branca.

Ela deixara um rastro de Chloé. Conhecia o perfume, pois já tivera uma namorada que o usava.

Achei-a muito interessante, mas... deixei passar. Eu devia estar mesmo querendo um pouco de paz, embora soubesse que não iria dispensar dar uma olhada pelo Tinder, quando chegasse à cidade.

Fiquei esperando o ônibus, que estava atrasado. Fato raro.

Impaciente por ficar naquela pequena fila embolada entre crianças e idosos, fui comprar água, afinal, o médico havia me aconselhado ingerir oito copos diariamente.

Tinha umas seis pessoas na fila da lanchonete, no entanto, o caixa parecia trabalhar seguindo todos os procedimentos operacionais da boa conduta com rigor excessivo e calma absoluta.

Quando saí com as garrafas d'água, o ônibus já havia chegado, e percebi que eu seria um dos últimos a embarcar.

Ansioso, entrei esbaforido no carro e, ao procurar minha poltrona, vi que me sentaria ao lado daquela moça sexy que havia passado por mim há pouco.

Sorte!, pensei...

Ao me acomodar, sem demora, puxei conversa. Muito simpática, ela correspondeu a gentileza. Seu nome: Kátia. Ela não perguntou o meu.

Foi a primeira oportunidade que tive de estudar seu rosto – uma simetria perfeita em formato de coração, sobrancelhas arqueadas, nariz pequeno e delicado e lábios volumosos. Seus olhos cor de mel pareciam absorver meu desejo vívido e imediato de possui-la, entretanto, seu sorriso de lento debochar desconstruía tudo, não obstante fosse extremamente encantador, iluminando sua face.

Fiquei a observar sua única parte desnuda, que eram seus braços, e cuja beleza era exatamente igual à do corpo. Se eu já não tivesse reparado em seu corpo, iria desejá-lo apenas ao ver a forma de seu braço.

Quando ela se curvava para frente, era possível avistar a borda da sua calcinha branca, com uns pontinhos vermelhos.

Enquanto desenrolávamos uma conversa frugal, ela, sem mais nem menos, reclinou sua poltrona e fechou os olhos. Não abriu mais a viagem inteira.

Essa sabe jogar, pensei. Dormi também.

Acordei com o pescoço inclinado e dolorido, por causa da má posição.

Kátia pareceu despertar no mesmo momento, mas apenas se espreguiçou e voltou a fechar os olhos. O ônibus já estava chagando à cidade.

Ao parar, ela se levantou e despediu-se fortuitamente de mim. Fiquei desapontado. Ao descer do coletivo, a avistei no Uber *lounge*.

A despeito de eu tentar encará-la, na esperança de trocarmos um olhar, ela continuava com o olhar fixo no celular. Chamei um Uber também.

Os dois carros chegaram quase ao mesmo tempo. Segui meu caminho em direção ao hotel.

No trajeto, que deve ter durado uns 15 minutos, fiquei lamentando ter perdido aquela bela mulher de vista, mas ao chegar ao destino, vi-a desembarcar no carro à frente, ou seja, estávamos hospedados no mesmo local. Feliz coincidência. De novo.

O hotel era uma construção *art déco*, de dez andares, erguido na década de 1930. Recentemente, havia passado por uma caprichosa reforma que modernizara suas instalações sem perder as características clássicas. Um autêntico retrôfit.

Alcancei-a na recepção. Ela estava curvada no balcão preenchendo a ficha de *check in*. Ao vê-la naquela posição, aplicada àquele guichê de jacarandá, tendo ao fundo um painel 5x5 metros de *Cidade do Bananal* de Jean-Baptiste Debret, compus na minha mente um belo quadro em 3 D... erótico.

Inserindo-me à cena, e antes de cumprimentar a recepcionista, disse:

– Oi Kátia! Que coincidência!

Ela sorriu discretamente, seguindo focada no preenchimento

da ficha. Chamou-me atenção ela ter entregue um passaporte estrangeiro como identificação.

Ao receber a chave-cartão, ela seguiu para o quarto como se eu não existisse.

Fiquei louco para ir atrás, porém, a recepcionista estava num preciosismo ímpar em relação a minha ficha de registro de entrada. Parecia que todos os funcionários-padrão haviam cruzado o meu caminho naquele dia.

E Kátia sumira de novo.

Ao me instalar, só restou pegar o iPad e, deitado na cama, pus-me a rever as ilustrações que vinha trabalhando, observando uma série de defeitos. Chubby Checker parecia gordo demais em várias delas!

Quando me dei conta, já havia ficado mais de uma hora tentando corrigir meu desenho. O que eu havia ido fazer ali mesmo?

Já estava na hora do almoço. Eu, que nem havia trocado de roupa, pus moletom e camiseta, e desci para o restaurante, me forçando para não levar o *tablet*. Afinal eram férias, não?

Após um belo almoço de camarões feitos com cachaça, damascos e pimenta-do-reino, harmonizado com uma taça de um encorpado *sauvignon blanc* gelado, e tendo como pós-pasto *crostini* coberto de chocolate amargo e salpicado com sal marinho, acompanhado de uma xícara de café etíope, assinei a nota e, com muitas saudades do iPad, me dirigi para o quarto.

Nisso, observei a piscina onde uma mulher solitária nadava com braçadas lentas e sensuais, em direção aos degraus, próximos a um tripé que sustentava um velho autofalante Phillips, de onde se ouvia "Kelly's Tune" de Henry Mancini.

À medida que a mulher saía da água, um sumário biquíni colava-se ao seu corpo esbelto. Para não ser ostensivo nos meus olhares libidinosos, entrei naquele nostálgico ambiente em formato arredondado por pedras São Tomé, e me dirigi à área do bar. Ela estava de pé, próxima a uma espreguiçadeira tipo Blois, enxugando os cabelos com uma toalha.

Cheguei próximo a ela, e joguei uma do tipo:

– Oi! Tá vazia a piscina, né?

A moça nem sequer me olhou. Apenas forrou a cadeira com a toalha e se acomodou para tomar o resto de sol daquela tarde fria. Fiquei desnorteado.

Saí de fininho da área da piscina, e aproveitando que estava de tênis, achei que nada seria mais conveniente naquele momento do que iniciar a caminha recomendada pelo médico. Ela seria boa até mesmo para eu me recompor do fora que levara.

Pouco mais de meia hora depois, eu estava de volta ao hotel e, como o elevador social estava em manutenção, me dirigi à área de serviço.

Estava eu esperando o elevador de cargas, quando a moça da piscina apareceu num roupão marrom se comprimindo de frio, dada a corrente de ar que passava por aquele corredor.

Resiliente ao fora que recebera, iniciei um clássico comentário sobre a baixa temperatura local e percebi que ela era estrangeira, pelo seu português sofrível – não que isso fosse um impasse, afinal, eu falo Inglês.

Para minha surpresa, ela era norueguesa. Uma norueguesa que sentia frio... Ingeborg, seu nome.

– You can call me Inge – simplificou ela.

Ao entrarmos juntos naquele elevador, tive a nítida impressão de que a reforma do hotel não havia passado por ali, o que não tirava seu charme. Ele era uma verdadeira caixa de madeira de cor escura com apliques em bronze, que se estendiam ao teto, todo trabalhado em arabescos, com a luminária irradiando uma luz fulva. Um ambiente bastante sóbrio, porém, muito apropriado para um amasso, não fosse uma micro câmera dome nos monitorando.

Quando aquela quase secular porta pantográfica cerrou-se, fazendo um baita barulho, o elevador começou a subir como se estivesse sendo puxado por alguém. Ao passar por uma enorme parede entre o térreo e o próximo pavimento, um solavanco o fez parar.

Inge, olhando aquele bloco de concreto que cobria toda a porta, me abraçou, nitidamente assustada. Como um presente vindo dos céus, eu a acolhi com uma automática ereção.

Propositadamente, encostei minha protuberância nos seus quadris. Ela notou, obviamente. Comecei a acariciar seus macios e tônicos braços. Ela deixou. Beijei seu rosto. Ela me encarou. Beijei sua boca. Ela retribuiu.

Tão logo começamos a nos agarrar, aquela carroça vertical voltou a subir. Segundo andar, terceiro, quarto, quinto, eu não conseguia soltá-la, mesmo que todo o hotel estivesse nos vendo pela câmera.

Ao parar no meu andar, a puxei para fora, sem sentir nenhuma resistência. Tentei levá-la para minha suíte. Ela recusou.

Aos beijos, acabamos indo parar no hall de uma escada de granitos em tons de rosa, caracteristicamente *art déco*.

Sem cerimonia, ela se sentou em um dos batentes, botou seus peitos para fora, para que eu os apalpasse e, me puxando pelo cós da calça do moletom, o abaixou até a altura dos joelhos e se pôs a me chupar.

Éramos loucos! Ali era um hotel, afinal de contas, e embora estivesse com pouquíssimo movimento, a possibilidade de alguém aparecer não era tão remota. Contudo, com suas enormes unhas me fazendo leves carinhos da cintura para baixo, Inge me tirou qualquer senso de razoabilidade possível.

Enquanto eu me deliciava, lancei um olhar perdido para a parte longitudinal da escada, de onde vinha ninguém menos do que Kátia, num belo vestido florido, em contraste às paredes em cerâmica esmaltada cor de musgo.

O susto não superou minha satisfação em contemplar aquele quadro em *art nouveau*... pornô.

Kátia levou o dedo indicador e o polegar da mão direita até

sua língua, umedecendo-os. Com a outra mão, levantou o vestido, e colocou o par de dedos molhados por dentro de sua calcinha.

Uma real contemplação sensorial se apoderou de mim, entre a visão da moça agachada, passando a língua pela minha glande, e a expressão de prazer facial de Kátia, fazendo manobras com os dedos em pinça e que, embora encobertos pela lingerie, sugeriam uma masturbação diferente, apenas circulando os grandes lábios vaginais.

Os ecos daqueles gemidos contidos no corredor de apartamentos compunham uma trilha sonora muito excitante.

Embora eu não fosse ansioso em relação a finalizar uma relação sexual, aquele belo quadro antecipou em muitos minutos o meu orgasmo. Segurando Inge pelos cabelos com rigor moderado, vi as cálidas ondas que invadiam sua boca transbordarem sobre seus seios.

Foi nesse lapso de visão, que, ao retornar o olhar para escadaria, vi que Kátia havia sumido. Também eu e Inge deixamos o cenário, antes que alguém aparecesse. Enquanto ela se limpava, passando o roupão pelo queixo e colo, eu a convidei a aparecer mais tarde no meu quarto. Ela, sem responder nem que sim nem que não, me deu as costas e subiu as escadas com certa ligeireza.

Após uma autocrítica, achei que Inge não reencontraria alguém que, aparentemente, sofria de ejaculação precoce, mas, para minha surpresa, ela surgiu na minha suíte, naquele mesma noite, e sem avisar.

Não estava nada sexy para um encontro depois daquele ato na escada. Parecia completamente desprovida de expectativa – cabelos em desalinho, calça jeans desbotada e larga, talvez o dobro do seu número, camisa vermelha quadriculada com mangas compridas desabotoadas e velhos chinelos.

Após um selinho sem cerimônia, me pediu uma taça de vinho e se pôs a falar pelo celular, provavelmente em norueguês.

Era uma conversa nitidamente tensa, sem nenhuma discrição por eu estar ali, até pela certeza de que eu não deveria estar compreendendo nada.

A ligação não foi breve. Tempo para ela degustar duas taças como uma autêntica *sommelier*. Ao desligar, sem formalidade nenhuma, começou a me beijar.

Fiquei transando com ela por dois dias, com intervalos apenas para pedir as refeições e vinhos, trabalhar nas minhas ilustrações no iPad, e ela atender suas estressantes ligações norueguesas.

Ou seja, nada diferente do meu cotidiano. As únicas exceções eram a nacionalidade da moça, e o fato de que, na hora do clímax, eu pensava em Kátia.

Numa manhã, Inge me disse que ia ao seu quarto pegar uma muda de roupa, trocar de calcinha, e que tão depressa voltaria. Não voltou. Tentei ligar para o quarto dela e ninguém atendia.

Na recepção, não havia registros de ninguém com o nome que ela havia me fornecido: Ingeborg Sørensen.

Fui procurá-la no Facebook e, de cara, me apareceu um homônimo da Miss Noruega 1972. Ela me dera um nome falso! Seria casada? Lamentei.

Naquele mesmo dia, ao final da tarde, estava eu vindo de outra caminhada de 35 minutos (contados no relógio) por um bosque próximo, quando reencontrei Kátia no lobby do hotel, à espera do elevador. Parecia que nossos destinos insistiam em se cruzar.

Epa! Eu acredito em destino?

Ela estava com um vestidinho preto, nitidamente sem sutiã, sapatos altos que acentuavam seus provocadores tornozelos, e uma bolsa muito elegante, nada usual para um *resort*.

Assim que nos vimos, começamos a sorrir um para o outro, implicitamente recorrendo ao acontecido na escada. Ao entrarmos no elevador, comentei:

– Fiquei sem jeito pelo que você viu.

Ela, sorrindo com olhos convidativos, apertou meu braço afetuosamente e disse:

– Que nada... Acontece...

Sem pensar em nenhuma tática ou estratégia, disparei:

– Aceita um café?

E ela:

– Não... prefiro vinho.

O ar me faltou. Entramos no meu apartamento, que possuía uma antessala. Liguei o som no meu querido iPad, e coloquei uma *playlist* de canções românticas dos Beatles. Nunca fiz isso nessas ocasiões.

Enquanto eu abria uma garrafa de vinho, também observava sua elegância. Como o vestido era curto, ela, cuidadosamente, se sentou na ponta do sofá e, ao cruzar suas belas pernas, manteve a ponta do pé voltada para baixo, como uma bailarina.

Alongada, firme, mas com leveza, ela descruzava e cruzava sutilmente as pernas, sem dar trancos e muito menos aquele puxão para encaixar bem os joelhos. Estes sempre juntos. Parecia uma escultura móvel.

Muito empolgado, fui pegar as taças na cozinha e, ao voltar, a vi guardando seu celular na bolsa, onde, por um segundo, achei ter visto uma pistola dourada. Não comentei nada. Foda-se!

Se eu fosse morrer, que morresse trepando.

Entre goles de vinho, vi o quanto ela era articulada. Discutia sobre tudo: política, cinema e, principalmente, música pop. Ela até sabia quem era Chubby Checker!

Mesmo se tratando de assuntos afins, ela os abordava de forma diametralmente oposta à minha. Creio que, por uma questão geracional, já que ela era uma década e meia mais jovem. Mesmo assim, seu conhecimento sobre música pop e cinema eram excepcionais

No entanto, assemelhavam-se nossos gostos por viajar pelo mundo. Nesse quesito ela demonstrava ter assimilado perfeitamente a cultura e a culinária de vários países.

Embora mantivesse um jeito zombeteiro e incrédulo, Kátia parecia esperar meu previsível bote com incrível tranquilidade, embora com as pupilas dilatadas, alerta e vigilante aos meus sinais.

Vivendo numa sociedade patriarcal latino-americana e, mesmo que com compunção, me favorecendo dela, terminei um solteirão convicto, e talvez até, inconscientemente, fugindo de paixões e compromissos. Todavia, ali estava eu diante de uma mulher interessante, com personalidade marcante, bem humorada, sagaz e espirituosa, que me cativava a cada palavra.

Querendo logo que algo começasse acontecer, saí da turismologia para a luxúria, voltando a falar sobre a mulher que peguei no elevador, e sua reação me surpreendeu, ao dizer, sem rodeios, que havia ficado muito excitada com o que vira.

Apesar de eu ter provocado o assunto, sua reação direta também me desconsertou. Creio que ela notou e, por isso mesmo, foi bem assertiva:

– Só que aquela gringa não sabia fazer direito. Sou muito melhor. Mas tem uma coisa em que nós duas nos parecemos.

Quase rubro, o pegador machão e latino, com uma voz quase fina, perguntou:

– O quê?

Ela, me olhando com um sorriso sensual, respondeu:

– Nós duas achamos um charme homem com cabelos grisalhos...

Foi o estopim para começamos a nos beijar loucamente.

Numa metamorfose instantânea, aquela mulher outrora matreira, se tornava agora tempestuosa, tumultuosa, com lábios úmidos e olhos brilhantes. Com um movimento corporal, recostei-a no sofá, enquanto a beijava.

Levantei seu vestido e retirei sua linda calcinha branca, cheia de coraçõezinhos desenhados e um botton com uma gotinha vermelha. Em seguida, afastei lentamente suas coxas e beijei o interior delas, subindo até a virilha.

Não concentrei o toque da minha língua apenas no seu clitóris, utilizei igualmente os lábios na sua vulva. Tudo com suavidade.

Ali estava um buquê de rosas, em que cada pétala estava preparada para o prazer. Louco de desejo, fui tomado por uma força que não sabia que tinha, e a levei no colo para o quarto.

Ao entrarmos no aposento escuro, ela fechou a porta a empurrando, habilmente, com um dos pés. A escuridão, em contraste às luzes da sala, me cegou temporariamente.

Mesmo assim, consegui colocá-la com cuidado na cama, quase estourando a minha coluna. Ficamos de joelhos sobre o colchão.

Em meio à escuridão, toquei num seio nu, redondo, firme e com o mamilo durinho e tentador. Fechei a boca sobre ele, enquanto senti sua mão entrando por minha braguilha, fazendo manejos voluptuosos, como a mão de uma cortesã.

Tive uma daquelas ereções que se prevê como demoradas e persistentes e fui com as mãos sobre seus ombros desnudos de pele macia e morna, de delicada fragrância que fluía para mim.

Acariciei seus longos cabelos sedosos, enquanto ela lambia os lóbulos das minhas orelhas, pescoço, axilas...

Com uma gratidão muda, tornei a beijá-la, lenta e demoradamente, como se tivesse querendo transmitir um afeto que não conseguia colocar em palavras, talvez por ser algo delicado demais para alguém que se julgava tão implacável.

Ela seguiu me acariciando os ombros, o resto do braço, beijando o canto entre os cotovelos, descendo até deslizar languidamente em direção ao calor do meu membro ereto, numa postura quase militar. Senti seu hálito quente sobre ele.

Absolutamente afoito pela cópula, tentei suavemente desvencilhá-lo de sua boca, mas foi em vão, pois ela o prendia com os dentes. Relaxei.

As carícias de Kátia eram tão intensas e maravilhosas, que acabei tomado por um desejo incandescente que trouxe avalanches de tremores pelo meu corpo.

Percebendo minha fome, ela esvaziou a boca e subiu, passando a língua pelo meu abdômen, até iniciarmos um canibalismo sensual, guiado por bocas voluptuosas, a mordiscar pequenos pedaços um do outro.

A escuridão do quarto era agora perceptível como um cinza azulado. Mágico.

Pressionei os dentes no ombro dela e a deitei carinhosamente na cama, deslizando minha cabeça para baixo, lambendo-a até o umbigo.

A maneira direta e inescapável com que coloquei meus joelhos entre os dela, implantando-a com rigidez, a fez abrir os olhos para contemplar o prazer da penetração.

Nós nos seguramos tão firmemente, que cada movimento que fazíamos era como que se feito por um único corpo. Parecíamos soldados para a eternidade.

Kátia começou a me beijar quase que desesperadamente, fincando os dedos em meus ombros, em meus cabelos; agarrando-os e comprimindo minha cabeça sobre a sua, contorcendo-se violentamente como se a beira do orgasmo.

Ouvi dela um grito quase incomodo de prazer animal, junto a movimentos espasmódicos do seu corpo. Suas espertas contrações musculares logo me proporcionaram uma pulsação do que parecia ser um prazer inatingível.

Involuntariamente, um trêmulo e delicioso curto-circuito dos sentidos me levou a um prolongado e profundo êxtase.

Achei que nunca iria parar de gozar.

Gozo quase insuportável.

Gozo etéreo.

Gozo com amor.

Amor?!

Mas eu mal a conheço!

Finalmente, após um longo gemido, desabei sobre ela com todo meu peso. Quando retirei meu pênis, parecia estar com uma ereção ainda maior do que quando começamos. Incrível!

Aquele êxtase suscitou devaneios que vinham como cometas orbitando pela minha mente, me fazendo crer que todas as estradas que eu havia trilhado emocionalmente até aqui, haviam conduzido meu coração ao exílio.

Aos poucos, senti-me recuperando as forças, meu pênis de volta ao tamanho natural, mas com um esfalfamento febril. Era algo pacificador.

O luar que caia diretamente sobre a cama dava um perfeito tom de alcova.

Nosso silêncio inteligente não impedia que saboreássemos cada abraço, as delicadas carícias, aquecendo um ao outro, livre das aflições.

Foi quando ela rompeu o silêncio:

– Não estou gorda?

Gargalhei espontaneamente por aquela inusitada indagação, e respondi:

– Gorda? Meu Deus, você é maravilhosa. Parece uma *Varga Girl*!

Com um risinho de canto de boca, ela se virou de bruços se justificando:

– É que ninguém nunca me pegou no colo... achei que poderia estar pesada para você...

Eu a cobri de carinhos suavemente e com toda dedicação.

Ela permaneceu aceitando, até o limite de seu corpo ficar trêmulo, como se tivesse amalgamado todas as minhas ansiedades sexuais. O momento do êxtase mal terminara, mas meu sexo ainda pulsava.

Mesmo após aquele farto banquete carnal, uma tirânica fome nós tomava, incendiando nossos olhos.

Kátia se virou como se não restasse outra alternativa a não ser a de me oferecer seu corpo novamente, e eu o manipulei à vontade, por cima, por baixo. Ela era perfeita! Detalhadamente perfeita.

Eu, que sempre fui fissurado em mamilos femininos, nutria uma fantasia pueril desde a adolescência, de que, se encontrasse uma mulher com os bicos tão sublimes quantos os da June Newton, mostrados num ensaio do fotógrafo e marido Helmut, eu me casaria com ela.

Pois ali, finalmente, estavam a minha disposição as tetas de Newton!

Aproveitando-me de sua sagaz passividade, eu a pus de lado, agarrei-a com firmeza pelos seios, e penetrei-a fundo.

Em meio aos nossos frenéticos movimentos, ela virou o rosto para mim e disse:

– Quero que você me coma de quatro.

Nessa posição, Kátia alcançava e acariciava meu saco, enquanto eu a penetrava. Acabei explodindo em um gozo visceral, enquanto ela urrava de prazer. Caí para o lado, ficando deitado de barriga para cima, feliz na certeza de que havíamos chegado ao ápice juntos.

Arriada de bruços e ofegante, ela parecia não se conter, saindo com suas tiradas:

– Que gracinha, suas bolas sobem e se retraem quando estão para ejacular. Não sei por que, mas isso me deu uma sensação de poder e de tesão.

Como parecia insólito receber uma análise sexual logo após aquele ato, estouramos em gargalhadas. Muito relaxados, ela recostou sua cabeça sobre o meu peito.

Com uma expressão de felicidade no rosto, também fiz minhas conjecturas:

– Estou muito contente.

Como ela não me perguntou a razão, prossegui:

– Eu não brochei. Eu sempre achei que a adrenalina por ficar tenso na frente da pessoa por quem temos muito expectativa, ou até mesmo o cuidado, o medo de desagradar, compromete a ereção. Uma brochada pode ser uma declaração de... amor.

Silêncio.

Ela tinha caído no sono e talvez nem ouvido o que eu filosofara.

Não me lembro quando eu caí no sono também...

Ao despertar, virado para janela de onde via o nascer do sol, tive uma consciência instantânea de que meu dia começaria de uma maneira diferente, livre da ansiedade e do estresse. Contudo, ao me virar para agarrar minha preciosidade, ela não estava mais lá.

O que houve?

Dei um salto da cama e, numa breve passagem de visão periférica, logo vi que ela também não estava na suíte.

Muito diferente do sumiço repentino da norueguesa, aquilo, subitamente, voltou a me colocar num estado de angústia. Pior que eu nem sabia o seu sobrenome e muito menos qual era o quarto dela. Tentei ligar para a recepção, mas ninguém atendeu.

Desesperado, coloquei às pressas bermuda, camiseta, chinelos e desci correndo para a portaria do hotel.

Ao chegar à recepção, me deparei com uma fila para o *check out*.

Com certo constrangimento, fui ao balcão, interrompendo um atendimento, e pedi para ligarem para o "quarto da senhora Kátia", alegando ser uma emergência.

Talvez por estar embutido de uma ansiedade evidente, contei com a compreensão do funcionário e do cliente.

A checar o monitor apenas pelo primeiro nome, o recepcionista conseguiu constatar que ela já havia deixado o hotel e, ato contínuo, prosseguiu com seu trabalho.

Fiquei ali alguns segundos, assimilando aquela informação,

em meio à impessoalidade natural de todos a minha volta.

Eu estava novamente só.

A diferença era que eu parecia estar num estado incomum de paixão. Pensando em voz alta, inquiri, olhando para cima:

– Kátia, cadê você?!

Capítulo 2

A recepcionista, ao me ver em pleno lobby, pronunciando o nome de Kátia em vão, talvez por compaixão ou receio de eu aprontar um escândalo, me chamou ao balcão e, discretamente, informou numa voz quase inaudível:

– Creio que a senhorita Kátia tenha ido em direção à rodoviária.

Um alívio me tomou o coração e só faltei agradecer-lhe de joelhos. Não hesitei e me dirigi aos táxis que estavam parados em fila, na porta do hotel.

Com o hábito quase sintomático de procurar a carteira no bolso, antes de efetuar um pagamento, percebi que esta me faltava. No entanto, se eu subisse para pegá-la, seria bem possível que eu me atrasasse ainda mais.

Por sorte, achei eu, meu celular havia ficado no bolso da bermuda e, melhor ainda, restavam 9% de bateria. Chamei um Uber. O carro demorou tanto, que seria melhor se eu tivesse subido, com tranquilidade, buscado o dinheiro, dado uma baforada do perfume, descido pelo lento elevador de serviço e pegado o táxi.

Quando o carro finalmente chegou, entrei mega ansioso no banco de trás. O motorista, muito simpático, ficou puxando assunto. Sem querer ser grosseiro, tentei desconversar e comentei que estava com muita pressa, para ver se ele acelerava um pouco mais. Acho que ele não ouviu, pois estava muito centrado em continuar a contar sobre como havia se tornado motorista de Uber, por causa da crise econômica e política pela qual o país atravessava.

Eu não conseguia ouvir muita coisa, embora ficasse automaticamente repetindo: "Sei... sei..."

Todos nós somos muito autorreferentes, dependendo da ocasião. De minha parte, eu só conseguia pensar sobre como *eu* havia parado naquela situação de paixão, ou fosse lá o que eu estivesse sentindo.

Parecia que eu estava com necessidade de Kátia. E isso era algo maior, que eu não recordava ter sentido antes. Seria uma ilusão ou eu estava louco? Talvez louco por ela.

Mas, por quê?

Teria o amor, finalmente, chegado?

Acho que nem me despedi do motorista quando chegamos à rodoviária. Por sorte, apenas poucos passos depois de eu entrar no local, vi Kátia de imediato, como se fosse um animal a farejar sua presa.

Ela estava na lanchonete, arrasando com mais um de seus vestidinhos curtos e um belo decote. Como sempre, com os bicos de seus seios quase rasgando o tecido para fora.

Encostada ao balcão, ela partia um pão de queijo com os dedos, sobre o pratinho, ao lado de uma xícara, provavelmente de café.

Ao me ver, Kátia abriu os braços para me receber com um sorriso iluminado. Gostaria de congelar para sempre na memória aquele momento.

Caminhei com passos determinados, direto ao seu encontro, tendo a consciência de que aquele poderia ser um dos dias mais felizes da minha vida.

Quem sabe se, por uma elevação divina, minha consciência não estaria clamando pelo movimento perpétuo de seu abraço, transcendendo a razão?

Ficamos muito tempo enlaçados, suas carícias pelo meu rosto e por meus cabelos eram tão delicadas, que quase pareciam um ato sexual.

Testa com testa, eu disse a ela:

– Quero ir com você agora.

Objetiva, ela retrucou:

– Então corre e vai logo comprar o bilhete. Está em cima da hora!

Um tanto constrangido, fiz-lhe um pedido enviesado:

– Quando vi que você não estava mais no quarto, saí correndo direto para cá, e esqueci minha carteira...

Gargalhando, ela pegou dinheiro na bolsa, me entregou e disse, com voz enfática:

– Compra uma ao lado da poltrona 25.

Agradeci e saí correndo em direção à bilheteria. Ao retornar exultante, com o tíquete na mão, ela já havia terminado seu lanche e segurava um pacote estendido para mim. Simulando um português de Portugal, completou:

– Supus que não tenhas feito teu pequeno almoço.

Parecia que ela havia adivinhado meu gosto, quando conferi, no pacote, um sanduíche de pernil, acompanhado de um cappuccino grande e uma garrafinha d'água mineral. Antes de lhe interpelar sobre como havia acertado em cheio no sabor, ela se antecipou:

– Para quem disse que amou a gastronomia do Porto...

Nós nos dirigimos ao ônibus como duas crianças brejeiras.

Aguardando na fila para seguir viagem, consumi meu desjejum compulsivamente, contando que as enzimas digestivas trabalhassem em dobro, enquanto ela atestava sobre sua preferência pelo café da manhã islandês, composto de pão de centeio e uma tal de *Lifrarpylsa*, que, segundo ela, é um tipo de salsicha feita com fígado de carneiro.

Curioso ela ter este gosto tão refinado e estar ali num coletivo intermunicipal, pensei. Mas eu também era refinado e, da mesma forma, estava ali. Melhor não pensar nisso.

Ao entrarmos no ônibus, passamos por duas mulheres já acomodadas em poltronas na frente da nossa, que, ao perceberem o meu... digamos... "priapismo" (eu estava praticamente atracado às ancas da Kátia), riram.

Mal sentamos, e começamos a nos beijar lascivamente.

Foi o ônibus dar partida, que Kátia pôs seus belos seios para fora os oferecendo para mim.

Fiquei como um menino, sem saber bem o que fazer diante daquele par de divindades. Enquanto estava afoito, percebi-a me observando candidamente e, com um leve sorriso, disse baixinho:

– Calma meu bem. Eu estou aqui... Mas eu adoro ver você com esse apetite todo...

Respirei fundo e procurei me acalmar, embora a euforia fosse colossal.

Ela começou a acariciar meu rosto com as unhas, carinhosamente, descendo pelo meu peito, abdômen, até deslizá-las pelas minhas coxas, e retornar em movimentos leves. Mordi meus lábios para conter os gemidos.

Consegui colocar minha mão dentro da sua calcinha, e percebi que ela já estava molhada. Introduzi meus dois dedos com movimentos circulares, e vi que ela estremeceu e apertou minhas coxas.

Seus ombros, nesse momento, estavam vigorosamente jogados para trás, e ela seguia respirando com profundidade, sentindo meus dedos, que entravam e se retiravam, a deixando excitada.

Ao mesmo tempo em que ela foi ficando menos ofegante, sua mão agarrou meu pulso com firmeza, retirando-o dali. Moto-contínuo, abaixou o vestido cobrindo suas coxas.

Mal fiquei sem entender aquele ato brusco, ela, fixando o olhar para os seios, enquanto os acomodava no decote, asseverou:

– Você se acha, né?

Embora atônito, eu a questionei com delicadeza:

– O que foi, Kátia?

Virando o olhar para a janela, ela prosseguiu:

– Você é muito narcísico. E, por isso mesmo, muito previsível. Não serve para mim. Eu gosto de manipular! Manipular alguém tão previsível não é prazeroso, como é surpreender ou ser surpreendida. O imprevisível me fascina. Portanto, você não me fascina. Quer que eu te ame? Me surpreenda, então! E se quiser que dure, me surpreenda todos os dias. Mas você me parece muito certinho para isso.

Disparei com certa irritação:

– Você está falando sério?

Ela ficou em silêncio, olhando a esmo para frente.

Questionei-a, então, com mais energia:

– Por que você está dizendo tudo isso só agora?!

Mantendo o tom insosso, ainda sem me encarar, ela respondeu:

– Eu cansei de ser o brinquedo. Agora eu que quero brincar de manipular os sentimentos das pessoas e fazê-las sofrer como sempre fizeram comigo. Agora é minha vez. Eu faço as regras e você joga conforme eu mandar. Não sei por que estou sendo tão sincera. Podia te tratar como se fosse uma joia rara e valiosa. Com o tempo, eu ia fazer você se sentir diminuído, soterrado sob o peso de críticas cada vez mais severas, e te fazer crer que é extremamente burro e estúpido a ponto de ser incapaz de me compreender. Eu poderia procurar te isolar das pessoas que poderiam te prestar apoio, além de te colocar numa situação de dependência sexual. Tudo com um objetivo fundamental: destruir você e tirar proveito disso.

Quem permaneceu em silêncio fui eu.

Ela então me firmou e, com ironia, disse:

– Ah! Não faz essa cara de bunda não! Você teve sorte. Acho que hoje eu acordei querendo fazer um ato caridoso.

Aquelas palavras doeram em mim e senti, com enorme aflição, a brevidade do período do amor.

A tristeza era a única posição fixa nas flutuações dos meus sentimentos, derretendo o que parecia ser indissolúvel: o meu âmago sexual.

Contudo, creio que, por intuição, consegui me manter calmo e reagi de forma que ela sentisse que eu estava no controle das minhas emoções. Com autoridade aparente enunciei:

– Eu entendo que você precise agir assim, mas você está é mentindo! O que aconteceu entre nós te perturbou!

Ela alinhou os olhos para baixo, depois para esquerda, em movimentos rápidos, e voltou a olhar pela janela. Uma lágrima desceu por seu rosto, embora ela mantivesse uma expressão facial impassível. Raiva?

Eu até poderia ser narcísico ou previsível, mas era capaz de perceber que ela sentira um desafio evanescente na minha assertiva, embora receasse responder.

Kátia suspirou e pegou o celular.

Enquanto passava uma mensagem, em tom sereno, me aconselhou:

– Melhor você descer aqui, pois é o último ponto antes de o ônibus pegar a estrada.

Repliquei simulando racionalidade:

– Ok.

Eu ia me levantando, quando subitamente a puxei pela nuca e a beijei.

Ela também me beijou.

Afastei-me e, olhos nos olhos, fui determinado:

– Eu não vou desistir de você. Eu vou te procurar. Tchau.

Ao me levantar da poltrona, prossegui com minha recente autoconfiança e ainda falei:

– Me dá sua calcinha.

Ela, sem dizer nem uma palavra, obedeceu e me entregou o objeto de fetiche, sem nem sequer me olhar.

Coloquei aquele talismã no bolso e pedi, imperativo:

– E me passa seu zap.

Ela refutou, olhando para o próprio decote e o ajeitando no vestido:

– Me acha no Insta: Kátia W.

Não implorei pelo seu número, do que eu iria me arrepender depois. Mas eu também sabia jogar. Ou queria que ela achasse isso.

Sabe-se lá como eu caminhei pelo corredor em direção à porta. Passei pelas passageiras que estavam a nossa frente, e elas se beijavam. Acho que se excitaram conosco.

Ao encostar no ponto, próximo a uma banca de jornal, o motorista abriu a porta com a cara mais enfezada do mundo, mas eu agradeci com um sorriso.

Sentindo pelas minhas costas o vento provocado pelo ônibus que zarpava em velocidade, eu me vi sem rumo.

Obviamente, o melhor a fazer seria evitar uma pessoa como ela, contudo, isso nem sempre é possível... Então me veio à mente checar o celular para tentar achar "Kátia W." no Instagram, mas a bateria já havia descarregado por completo. Foi quando também percebi que estava somente com o troco do dinheiro que ela havia me emprestado. Seria suficiente para comprar a passagem de volta?

Não me preocupei. Eu estava no limiar da cidade, embora parecesse uma zona exclusiva e rica. Eu não conhecia nada nem ninguém.

Sem celular, livraria ou cafeteria, mas numa estranha e injustificada felicidade latente, foquei em minha respiração, que usava a capacidade total do pulmão, aproveitando o oxigênio inspirado através do frescor vindo das plantações de eucalipto que ladeavam a estrada de mão dupla.

Ainda que abalado, eu só queria curtir aquele resquício do êxtase de uma paixão praticamente platônica, se reverberando por mim como nunca antes. Algo em mim dizia que eu e a Kátia iríamos nos encontrar de novo.

Ao atravessar a via com pouco movimento, em direção ao ponto de ônibus do outro lado, era impossível não observar que a moça da banca de jornal me observava com um leve sorriso no rosto.

Despistei meu olhar e fui ao ponto para aguardar o ônibus. Não havia ninguém lá para alguma informação.

Próximo da banca de jornal que fazia esquina com uma bela viela privada, onde havia várias casas com arquitetura de inspiração portuguesa, vinha o som de música sertaneja. Nunca gostei do estilo, mas naquele momento, aquela letra simples e direta me fazia todo sentido:

"Não há nada para comparar/ O tremendo vazio que deixas em mim/ Tens mudado minha vida/ Me feito crescer/ Só agora que aprendi/ Que um dia é um século em ti."

Aquela trilha sonora, que depois soube ser interpretada pela dupla George Henrique & Rodrigo, parecia ter sido composta especialmente para mim. Encostei-me na pilastra do ponto e olhei para o céu. Ele nunca tinha estado tão azul. Ao longe, me pus a contemplar as nuvens, desenhando-as mentalmente e reparando as nuances de sua coloração que antes me pareciam como totalmente brancas. Eu estava mega sensitivo.

Ao por as mãos nos bolsos, tateei a calcinha de Kátia e a puxei a para fora. Levei-a ao nariz e senti sua essência.

Observei que era o mesmo modelo de calcinha que eu havia tirado dela no apartamento – branca com coraçõezinhos desenhados e um botton com uma gotinha vermelha.

Teria ela repetido a roupa de baixo? Não que eu me importasse com isso, muito pelo contrário.

Quando me dei conta, percebi que a jornaleira continuava me olhando, agora com um sorriso convidativo. *Mamãe passou açúcar em mim?*

A peculiar imaturidade masculina chauvinista acabou falando mais alto, e eu decidi ir abordar a moça, usando o pretexto de perguntar se era ali mesmo o ponto em que parava o ônibus que iria à cidade.

Ao me aproximar, em vez de ir pela frente da banca, resolvi ir pela porta lateral, já que eu não ia comprar nada. É um hábito que tenho.

No entanto, ao chegar por esta portinhola, reparei que ela pousava a mão sobre uma pistola dourada, presa a sua coxa direita, e me olhava com as sobrancelhas arqueadas, o corpo imóvel.

Quem acabou se assustando fui eu, que quase não consegui formular meu suposto pedido de informação, embora ela o tenha entendido e respondido que passaria por ali uma condução intermunicipal.

Ao perceber meu desconforto, ela se pôs a galhofar:

– Você deve ser bom, né?

Sem saber o que responder apenas sorri, mas ela não perdeu tempo:

– As mulheres só dão a calcinha para um homem, se ele a agradou... a menos que você seja um tarado e a tenha roubado de alguém. Ou a peça é sua? Em qual das três alternativas você se encaixa?

Nesse momento, chegou uma cliente na banca, acompanhada de uma criança, interrompendo nossa conversa. Antes disso, porém, num ato sagaz, a jornaleira me passou um cartão com seu número, acompanhado de um provocante: "Me liga?"

Peguei o cartão e me afastei. Fiquei intrigado com tudo aquilo. Além de eu ter me tornado o cara mais irresistível do mundo, nas últimas 72 horas, ao reparar na arma dela, constatei que era um modelo idêntico ao que eu havia visto na bolsa da Kátia.

Muita coincidência.

Sei que essa onda de assaltos tá um horror, porém, como não entendo nada de armas, contemporizei: será que esse modelo dourado é um revolver próprio para mulheres?

Seja como for, é um risco eminente se envolver com uma mulher que porta um berrante. Foda-se! Se eu fosse morrer, que morresse trepando.

Mas eu não queria morrer!

Talvez antes quisesse?

Pena não ter me permitido fazer terapia... Quem sabe eu finalmente estivesse em um momento ímpar da minha vida? Um momento em que eu estivesse para viver um amor... um grande amor...

Capítulo 3

Enquanto o ônibus intermunicipal não chegava, eu fiquei contemplando aquela linha plana do horizonte, onde o céu parecia tocar a relva, à medida que meu pensamento em Kátia fluía em direção ao infinito, tendo aquelas músicas românticas vindas da vizinhança, como trilha sonora providencial. Naquele momento, tocava "Te Encontrar de Novo", do Vinny, meu novo cantor favorito.

Às vezes, esse lirismo particular era interrompido quando ecoavam na minha mente as palavras amargas de minha última conversa com Kátia.

Mesmo assim, algo me dizia que eu iria encontrá-la de novo. Grande Vinny!

Os devaneios findaram de vez, quando avistei o ônibus se aproximando em velocidade. Consegui fazer o sinal, obrigando o motorista a frear de última hora, parando a alguns metros de distância do ponto.

Corri para embarcar e, ao cruzar pela banca, ouvi da jornaleira:

– Me liga, tá?

Esbaforido, entrei no coletivo lotado. Em pé, vi a banca e a moça se distanciarem. Ela era gata. Eu pegava fácil. Quem sabe, se eu não conseguir contato com Kátia...

Homens são complicados!

Ao chegar ao hotel, aquela atmosfera me trouxe as melhores lembranças, dissipando as ruins. Com o lobby lotado, acabei tomando o elevador de serviço.

Entrei naquele carro vertical, junto com um casal de banhistas. Eu estava em estado de ebulição interna, em contraste aos meus circunspectos acompanhantes. Eu querendo compartilhar minha euforia, eles em sintonia com aquele ambiente sóbrio de paredes revestidas de madeira escura, com seus apliques em bronze, de onde irradiavam luzes difusas e suaves, como lâmpadas de um... santuário.

Ao chegar ao apartamento, estranhei ao ver, pendurada na maçaneta, uma placa de aviso "por favor, não arrume este quarto". Eu não havia colocado aquilo. Teria sido Kátia?

Se foi, o por que daquele festival de grosserias no ônibus? Seria ela bipolar?

Deixei as conjecturas de lado, retirei a placa de aviso do puxador e entrei. O quarto estava uma zona, mas ainda mantendo o aroma do Chloé.

Que bom não terem arrumado nada, mantendo assim a fotografia de um cenário que eu queria perpetuar. Pus o celular para carregar. Eu estava ávido para localizar Kátia no Instagram.

Já passava da hora do almoço, e eu não me dispunha a descer ao restaurante e nem tinha paciência para ligar e pedir um serviço de quarto. Tirei toda a roupa. Ao passar por um espelho, parei e observei o que os efeitos de uma simples atividade física podem fazer. Meus ombros, que embora sempre tenham sido largos e fortes estavam mais aparentes; a cintura um pouco mais fina na relação entre ombro e quadril, e o peitoral mais definido.

Ao abrir o frigobar, pensei na minha nova forma e fui com certa parcimônia abocanhar uma boa metade de um generoso sanduíche de queijo provolone – ainda do "tempo da norueguesa". Esqueci da vaidade, ao consumi-lo junto com o resto de uma garrafa de vinho tinto e uma barra de chocolate.

Levei todas essas guloseimas para cama, onde me deitei nu.

Enquanto saboreava aquele almoço improvisado, em pleno lusco-fusco da tarde, liguei o split e a TV, e me deparei com a bela cena final do filme *Nosso Amor de Ontem*.

Eu já havia visto aquele longa metragem uma dezena de vezes, contudo, agora, meus olhos marejavam. Passei a entender o que era chorar ao ver beijo de novela.

Após o lanche fui caindo no sono. Quando acordei, já havia anoitecido.

Por alguns segundos pensei que tudo havia sido um sonho. Mas, ao inspirar mais profundamente, senti, ou quis sentir o perfume de Kátia ainda impregnado no travesseiro.

Foi a melhor volta à realidade que já tive.

Peguei meu celular já carregado, me pus a procurá-la no Instagram e até me aventurei sondar o Facebook, enquanto dezenas de mensagens, entre mulheres e trabalho, pipocavam no zap.

Não quis saber e me mantive vasculhando os perfis, a procura de Kátia W.

Rapidamente ela me apareceu. Não no Instagram e sim no Face. Será que ela quis me confundir? Solicitei amizade. Ela estava *off*.

Sua página era muito protegida, só estando disponível uma foto dela, de corpo inteiro, segurando um cão. Maximizei a fotografia de seu perfil e a transportei para ser imagem de fundo do meu celular.

Comecei a ficar ensandecido de desejo, quando a campainha tocou. Tomei um baita susto. *Será que é Kátia?*

Deitado, perguntei quem era, e ouvi ser a arrumadeira. Foi uma ducha de água fria.

Além do inconveniente – já era tarde –, eu não havia solicitado o serviço.

Ao me levantar, acendi a luz e vesti a bermuda, o que acabou por revelar toda a protuberância que eu levava à frente. Eu parecia ter voltado à adolescência.

Abri a porta, ficando meio de lado para a moça não perceber minha excitação.

Como se eu tivesse entrado numa espiral do sexo, me defrontei com uma gravura viva, como se feita numa parceria, muito inspirada, entre Lan e Alberto Vargas.

A camareira era uma morena escultural, que educadamente, me perguntou se eu queria a higienização, pois, pelo seu registro, a unidade não havia sido arrumada. Aceitei.

Ela entrou empurrando um carrinho com produtos de limpeza, e fechou a porta. Achei estranho, pois sempre deixam a porta aberta, enquanto fazem faxina em hotéis, ainda mais naquele horário. Em qualquer outra situação, mesmo que a faxineira fosse a Rafaela Ravena, eu sairia do quarto para evitar problemas de assédio sexual. Não queria ser o próximo Dominique Strauss-Kahn.

Contudo, eu estava tão eufórico, que não saí, ficando a observá-la arrumar a cama.

Após ajeitar os lençóis, a camareira escorregou em algo que havia pisado. Ao agachar-se no chão, ela se reergueu, trazendo consigo, na ponta dos dedos, o que a tinha feito quase perder o equilíbrio – uma camisinha usada.

Ela olhou para mim sorrindo, balançando levemente o preservativo de um lado para o outro, até que disse em tom de malícia:

– A noite deve ter sido boa...

Tive febre instantânea.

Para aumentar ainda mais a minha temperatura, ela ainda piscou o olho para mim.

Enquanto eu dava meus passos para desferir o bote fatal, pensei em estar traindo Kátia, mas... quem poderia garantir que eu ainda voltaria a vê-la?

Os homens não valem nada...

Agarrei a camareira pela cintura. Ela, simultaneamente, pôs seus braços sobre os meus ombros, segurou minha cabeça delicadamente, e me beijou. Comecei de fato a acreditar que eu havia me tornado o cara mais irresistível do mundo.

Minhas mãos, lentamente, e em descompasso com meus batimentos cardíacos acelerados, deslizavam por aquele corpo terno, rígido e ao mesmo tempo macio, ao passo que ela me acariciava com movimentos deliciosamente suaves, porém vigorosos, como de uma trabalhadora braçal.

Em um momento, a camareira, parou de me beijar e perguntou:

– Ela vai voltar?

Balancei a cabeça negativamente.

Foi um tanto inadequado pensar em Kátia, ali, mas logo me recuperei, focando naquela deliciosa moça, o que não foi difícil, dados seus atributos.

Quase que a engolindo, eu a lambia do pescoço até as orelhas. Cego pelo desejo, levantei seu avental, fazendo com que ela o desabotoasse e tirasse a calcinha de rendas verdes, deixando uma das alças pendurada no seu tornozelo esquerdo.

Nua, com seus presumíveis 25 anos, 1,80 m. de altura, ereta e forte, ela parecia uma rainha congolesa, com seios vultosos e firmes, mamilos avantajados, quadris e pernas sensacionais que se harmonizavam perfeitamente com sua diminuta, rosada e bem depilada vulva.

Sem dar uma palavra, quase como se num gesto calculado, ela se colocou na posição de quatro em cima da cama, se autolubrificando com a saliva e permanecendo assim, a me aguardar.

Não estava despida de todo, manteve-se calçada com tênis e meias brancas, contribuindo para certo fetiche.

Animalizado, retirei apressadamente minha bermuda e fui que nem um desesperado procurar uma camisinha, sem ter muita certeza se ainda havia algumas na mesa de cabeceira. Entre varias abertas, por sorte, ainda uma permanecia lacrada. Rasguei o invólucro com os dentes, tão impetuosamente, que quase inutilizei o precioso e indispensável produto.

Fui para garupa da cama e, de joelhos, eu lhe acariciei as nádegas, afastei bem suas pernas para uma penetração melhor e introduzi meu pênis, guiando-o com a mão.

Ela se sustentava firme em seus braços longos e fortes fincados no colchão, ao mesmo tempo em que eu, abraçando-a por trás, apalpava os seus seios, quase que fazendo de seus duros mamilos meu ponto de apoio para os movimentos bruscos.

Cheguei ao clímax em poucos segundos. Foi uma rapidinha.

Desperdício...

Após o orgasmo, desabei na cama, de barriga para cima, respirando ofegantemente.

Ela, arriada de bruços, permaneceu em silêncio, como havia ficado durante todo ato.

Será que ela também... lógico que não! Que egoísta eu fui. Mas, apesar da intimidade do feito, éramos dois estranhos.

Depois de alguns minutos, a camareira rompeu o silêncio e me perguntou:

– Sua namorada ainda volta hoje?

– Não – disse eu, lamentando secretamente por Kátia não ser minha namorada.

Ao ouvir minha resposta, ela se levantou imediatamente.

Causou-me espanto ela parecer não ter gostado que minha suposta namorada não fosse mais chegar. Será que desejava um *ménage à trois*? Quem sabe?

No entanto, achei ótimo ela querer logo ir embora.

Continuei deitado, enquanto observava seu belo corpo se vestindo com uma sensualidade espontânea.

Ao se reclinar para subir a outra alça da calcinha e vestir o uniforme, percebi que, na parte interna do avental, havia um poderoso punhal preso numa bainha do tecido.

O que estaria acontecendo com as mulheres nesta cidade? Já era a terceira que eu via armada.

Ela deu uma última arrumada no decote e se foi, sem dar mais uma palavra. Nem me perguntou se eu ainda queria que ela arrumasse o quarto... Estranho.

O pensamento em Kátia era agora acompanhado de um pesar pela minha "traição".

Eu me sentia de ressaca, pois, de certa forma, aquela transa havia interrompido a minha *vibe* romântica.

Mas ela também me trouxera à racionalidade de como seria difícil realizar a proeza de reencontrar Kátia, pois, se ela não me contatasse, eu poderia nunca mais vê-la. Fui tomar um banho, finalmente.

Quando cheguei ao banheiro, vi um pedaço de papel encostado no frontispício da bancada da pia. Era um bilhete com uma marca de batom:

"Foi uma noite maravilhosa..."

Esqueci do banho e voltei para cama com o bilhete, lendo-o ininterruptamente. Saudade. A saudade é o sentimento de vazio que fica daquilo que se foi. E esse vazio parecia tão grande que ocupava muito espaço no meu coração.

Por isso a saudade de Kátia, junto às incertezas, doía.

Na realidade, eu estava com saudade daquilo que nunca foi.

Quando as emoções ficam confusas, eu começo a não ter certeza do que realmente estou sentindo. Analisando com calma a natureza dessa sensação, penso que talvez eu estivesse curtindo essa melancolia. Era algo que me faltava sentir na vida. Gostar de alguém.

Decerto, eu estava idealizando tudo aquilo. Mas não importa.

Apaguei a luz e, no silêncio daquele quarto escuro, apenas com um resquício da luz do luar que já desaparecia pela janela, pus no Spotify *We Have All the Time in the World*, com Louis Armstrong.

Essa era outra música que parecia ter sido feita para mim: "Nós temos todo o tempo do mundo/ Tempo suficiente para que a vida se desdobre/ Todas as preciosidades estão a nossa disposição/ Se isso é tudo o que temos/ Não precisamos de mais nada/ A cada passo nos encontramos mais/ Só por amor/ Nada mais, nada menos/ Só amor..."

Pena que eu não tenho mais todo o tempo do mundo.

Aconteça o que acontecer eu vou encontrar Kátia!

Capítulo 4

Acordei com um incômodo raio de sol sobre o rosto. Havia esquecido de fechar o *blackout* da janela.

Não dormi bem, acordando de tempos em tempos para ver se Kátia tinha respondido minha solicitação de amizade no Face. Nada.

A desarrumação do quarto passava a me incomodar. O Chloé fora substituído por um aroma de material de limpeza.

Enquanto em vigília, eu permanecia deitado em meio a elucubrações. A memória olfativa de desinfetantes me remeteu a minha primeira vez, aos treze anos de idade.

Tão precoce fui, que mesmo eu, desejoso de que todos meus amigos soubessem de tal façanha, cheguei a ocultá-la, na certeza de que ninguém acreditaria. Eu era um adolescente tímido e inseguro.

Se, aos seis anos de idade, havia fila de coleguinhas para me beijar, aos treze, numa gincana informal (e cruel) na escola, estas mesmas meninas me elegeram entre os mais feios da classe. Embora rejeitado por todas, eu vivia louco de desejo por elas.

Até nas ditas feias, eu via algo que valia a pena cobiçar. A questão era que eu ainda não sabia me masturbar. Logo, eu sobrevivia em desespero constante.

Anos mais tarde, passei a suspeitar que essa fosse a causa de eu ser mais erotizado que a média, pelo menos, era assim que eu me via.

Enquanto eu era um adolescente entediado e virgem, certo dia, observando o nada, recostado no parapeito da janela da área de serviço do apartamento em que morava com meus pais, passei a ver com outros olhos a empregada do vizinho em frente.

Ela estava fazendo faxina e, quando nossos olhares se cruzaram, tendo o vão da área interna do edifício entre nós, acenei cheio de maldade, sendo correspondido com um sorriso típico de quem cumprimentava uma criança.

Foi um tanto frustrante a reação da moça, no entanto, isso não me tirou o foco de ver ali uma possibilidade de perder a virgindade.

Ela devia ter uns 20 anos, era muito branca, cabelos negros e longos, e um corpo galante, ressaltado pelo uniforme justo.

Não era propriamente bonita de rosto, mas eu era treinado em enxergar a beleza onde muitos não a viam. E eu já a conhecia há algum tempo. Havíamos nos cruzado no elevador varias vezes. Sabia até que ela se chamava Marli.

Como eu nunca havia percebido que ela era tão gostosa? Eu estava crescendo. E como estava!

Os acenos continuaram, até que, num misto de ousadia e desespero, eu disse aos meus pais que iria à casa de um garoto vizinho, sendo que, na verdade, fui bater na porta dos fundos do apartamento em que ela trabalhava.

Nunca vou esquecer que aquela era uma noite de temperatura agradável, e que tudo dera certo. Fantasticamente certo.

Para começar, ela abriu a porta sem demonstrar estranhamento e, com um largo sorriso, me franqueou a entrada, deixando claro, porém, que só o fizera, porque seus patrões haviam saído.

Muito bom, pois o dono da casa era síndico do prédio e também um militar severo. Isso, quando se vive num país que simpatiza com a ditadura militar, por si só, já impõe um clima de terror.

Com os pés dentro de um dos proconsulados do regime, lá estava eu no quarto da Marli, no qual me foi oferecido sua cama para sentar, enquanto ela pintava as unhas.

Como eu já havia passado noites me imaginando deitado com ela ali... Eu estava pronto para investida.

Abusivo? Muito! Porém, eu não tinha a mínima consciência disso. Apenas, inconscientemente, reproduzia uma prática milenar onde os mais fortes sempre dominaram os mais fracos, fazendo da subordinação social, um meio para se aplacar qualquer desejo.

Enquanto a minha única prática política era uma necessidade pragmática em deixar de ser virgem, eu, naquele minúsculo quarto de $2m^2$, estava há uns cinco palmos do delicioso traseiro de Marli, que permanecia de pé, fazendo suas unhas de frente a uma cômoda onde dispunha seus esmaltes.

Sem dar muita atenção a um pirralho, ela seguia fazendo as unhas, enquanto conversava, de costas para mim.

Ela tentou levar o papo para saber como eu estava na escola, se eu me alimentava bem, entre outras questões típicas de um universo que ela supunha ser o meu.

Até era, mas não exclusivamente.

Enquanto eu respondia ao seu questionário infantil, não tirava os olhos de sua bunda, quase colada ao meu rosto. Isso me estimulou a ousar.

Cortei o assunto sobre a necessidade de eu comer verduras, e inventei uma história de que havia flagrado um casal transando na escada.

Ela demonstrou uma surpresa inicial, e disse algo do tipo:

– Você já tá vendo estas coisas, menino?! – No entanto, logo em seguida, começou a se interessar.

Minha mente voou, e eu inventei que a suposta mulher da escada havia me chamado para participar do coito. Foi quando Marli me fez uma pergunta fatídica:

– E o que você fez com ela?

Num ambiente meio inebriante pelo odor de esmalte e acetona, sob uma iluminação precária, e a beira de uma sincope de desejo, passei a demonstrar na pratica, meus "feitos".

Sentado na cama, segurei suas nádegas rotundas, ao mesmo tempo duras e macias e aguardei sua reação. Eu nunca havia tocado numa mulher de forma tão íntima, e foi uma das melhores sensações da minha vida.

Ela reagiu me chamando de safado e sorrindo. Foi a senha.

Instintivamente, me levantei e agarrei seus seios por trás. Outra sensação que jamais esqueci. Ela, ainda de costas para mim, alcançou o meu pênis, como se para se certificar de que ele estava ereto.

Ainda por trás dela, comecei a desabotoar seu uniforme, que caiu deslizando pelos seus braços roliços.

Só de calcinha, ela se virou para mim, e eu me deparei com aquela deusa de seios fartos e desnudos com grandes e protuberantes mamilos que apontavam para a altura do meu rosto.

Como um pinto no lixo, fiquei meio perdido, sem saber por onde começar. Frente a tudo aquilo que estava ali, ao meu dispor e tão de repente, senti Marli me abraçar acariciando minha cabeça e minhas costas, numa sensação maravilhosa de inédito acolhimento sexual.

Minha face ficou chafurdada na altura do seu colo e dele exalava uma fragrância, que futuramente eu classificaria como lavanda, mas que, naquele momento, era o cheiro do amor. Desajeitadamente, eu a puxei para cama.

Sem oferecer resistência e se deitando, disse-me apenas para constar:

– Calma menino, não adianta insistir, que eu não vou dar pra você.

Sem ter o mínimo entendimento sobre mazelas sexistas, não dei importância às negativas dela, e comecei a mamar naqueles seios firmes, percebendo que, do riso fácil, ela passou a suspirar, fechando os olhos e me apertando contra si.

Percebi que algo sério acontecia com ela e que estava sendo proporcionado por mim. Logo eu, que não mandava em nada, me senti numa sensação de poder diante uma mulher adulta.

Aquilo me encheu de determinação e autoconfiança, e embora ainda meio perdido, comecei a acariciar sua vagina por cima de sua calcinha cor de pele. Acho que fiquei sem jeito de enfiar os dedos por dentro, mas não me furtei em tentar tirá-la.

Quando estava quase conseguindo, ele puxou uma das alças de volta dizendo um não, pouco convincente.

Tirando uma esperteza não sei de onde, afastei o fundilho da calcinha um pouco para o lado, e empurrei meu órgão, rumo ao desconhecido. Tão desconhecido que se chocou com algo.

Era óbvio que eu havia errado o orifício, mas logo senti o conforto de sua mão o colocando no lugar certo, deslizando-o rumo ao paraíso.

Agora sim! Eu estava lá, onde vinha sonhando há meses estar, e era, de fato, uma sensação maravilhosa penetrar em algo estreito, quentinho e úmido.

Ela, ainda de olhos fechados, murmurou:

– Vou deixar entrar só um pouquinho...

Obviamente, desobedeci e enfiei tudo até quase o períneo.

Ela gemeu, porém mais em virtude da brusca penetração do que pelas consequências das dimensões do meu membro adolescente.

Por segundos, fiquei lá inerte, deitado em cima de Marli, até que ela me puxou pelos quadris e me ensinou o movimento de vai e vem, do qual jamais esqueci.

Comecei a sentir uma sensação maravilhosa que acreditava ser o orgasmo se aproximando.

Ela, talvez percebendo minha progressiva respiração ofegante, disse:

– Quando for gozar tira e goza fora.

Quando eu estava para ter o tão sonhado prêmio, tirei meu pênis de dentro dela e ejaculei todo aquele tesão represado, com tanta pressão, que o jato chegou a atingi-la no rosto.

Marli virou bruscamente para o lado bradando:

– Aí, que nojo!

Ela podia dizer o que quisesse, que eu não me importaria. Eu estava no nirvana, num momento histórico da minha vida.

Foi a emoção mais intensa que eu jamais havia experimentado, sem ter a mínima noção de que eu havia sido um péssimo amante.

Ela se levantou, quase me derrubando da cama. Pegou o uniforme no chão e foi ao banheiro. Iria se limpar, presumi.

Fiquei deitado, esperando ela retornar, na esperança de transarmos de novo, mas Marli voltou vestida, com cara de poucos amigos, e pedindo para eu ir embora, pois os patrões dela estavam para chegar.

Resignado e com medo do coronel, fui me vestir, quando percebi que minha bermuda ainda estava na altura dos joelhos. Para piorar, nem a camisa eu havia retirado.

Já composto e com muita pena de ir embora, eu a abracei firme.

Aquele meu gesto genuíno e singelo parece tê-la desarmado, devolvendo-lhe o sorriso ao rosto e fazendo com que retribuísse meu abraço, com certa benevolência.

Imediatamente comecei a apalpar seus seios e nádegas, tentando levá-la de volta ao quarto.

Ela riu.

Com suas mãos grossas, esticou os polegares entrelaçando e envolvendo o meu pênis, em movimentos para cima e para baixo, e indo com as mãos até os testículos.

Fiquei enlouquecido.

Tentei empurrá-la de volta para cama, porém ela voltou a ficar enérgica e me botou para fora, praticamente me empurrando até a porta, ameaçando contar aos meus pais.

Tal intimidação me foi determinante e fui embora feliz da vida, aliviado e, quiçá, apaixonado. Além de tudo, eu teria ali uma mulher muito gostosa para comer todos os dias.

Contudo, aquela foi a última vez que eu vi a deliciosa Marli, pois ela saiu do emprego em seguida.

Soube, através do porteiro, que ela havia pedido as contas e ido trabalhar nas Lojas Americanas de sua cidade natal.

Amarguei anos sem voltar a comer ninguém... só me masturbando, algo que talvez eu tenha tido a sorte de aprender transando. Eu havia me apaixonado por Marli, ou pelo que eu entendia ser uma paixão.

Tinha sonhos recorrentes nos quais apareciam três Marlis nuas e sorridentes em meu quarto, mas que sempre iam embora antes de consumarmos algo.

Cheguei a chorar de saudades dela. Mal sabia que eu levaria décadas para me apaixonar de novo.

Justamente, o ciclo que se fechava com aquela lembrança da minha primeira vez, ocorria num momento em que eu parecia estar encontrando, mais uma vez, um novo amor.

Ao voltar a verificar o Facebook, saí de uma flutuação mental para cair em queda livre no mundo real, ao confirmar que Kátia não me aparecia mais: havia me bloqueado.

Por que não peguei o número dela?!

Fiquei muito triste.

Enquanto me arrumava, quase perdi a hora do café da manhã no hotel, de tanto fuçar a famosa rede social, na esperança de que fosse algum engano meu. Mas não era.

Já com a mochila nas costas, me dirigi ao salão restaurante e nem me lembro qual foi meu desjejum.

Meu estado de melancolia crescia à medida que eu fazia meu registro de saída, chegava à rodoviária, entrava no ônibus e passava pelas poltronas nas quais havíamos nos conhecido.

Fiquei a pensar que se eu fosse importante para Kátia, ela não teria me bloqueado.

Foda-se ela!

Chateado, me lembrei que o carro passaria por aquela banca de jornal com a jornaleira gostosa. Antes de alcançar a via expressa em direção à cidade, saltei ali, mesmo sabendo que eu perderia o valor do bilhete.

Já na parada, percebi o quão insano era aquele ato, pois a própria jornaleira poderia nem estar trabalhando naquele momento. Era tarde demais.

Avistei a banca com um cliente de fronte à bancada, o que me empatou a visão para saber se ela estava mesmo na labuta.

Ao me aproximar e vê-la, senti um grato alívio seguido de um estranhamento por percebê-la com um olhar direto para mim, como se estivesse à espreita.

Algo meio perturbador, nada sexy.

Para piorar, assim que me expressei com um leve sorriso, ela abaixou a vista.

O que eu estava fazendo ali?!

Já arrependido, mas sem ter como dar meia volta, segui em passos lentos, tentando disfarçar minha ansiedade. Ao chegar à banca de jornal, esperei o cliente se afastar.

Mal ele havia se retirado, uma senhora se aproximou para comprar algo. Após parecer prolongar aquela compra ao máximo – entre a escolha do produto e uma operação tartaruga para pagar e receber o troco – um exercício intenso de relacionamento vendedor/cliente se passou, e a mulher se retirou.

Antes que chegasse outro consumidor pronto para ser fidelizado, tive que ser rápido e direto e, quase me jogando entre as revistas, eu a saudei:

– Oi!

A dona da banca fez cara de que nunca tinha me visto na vida. Ao permanecer me encarando muda, eu reafirmei:

– Você disse para eu te ligar, então resolvi passar aqui direto.

Segurando uma pilha de revistas, ela se virou para trás e respondeu um lacônico:

– Oi.

Sem saber o que fazer, tive a tresloucada ideia de perguntar se ela vendia filmes pornográficos.

Ao perceber meu interesse, e sendo totalmente não comercial com seu próprio negócio, ela refutou, num tom de concupiscência:

– Tenho muito mais criatividade que esses filminhos.

No impulso, soltei:

– Eu também.

Ela riu e complementou:

– Interessante. Sinal que aquela calcinha que você estava segurando não era sua. Ou ela faz parte da sua criatividade?

Hilário!

Descontraído, fiz o convite:

– Você pode fechar a banca e sair para tomarmos um café?

– Vamos tomar um café lá em casa – replicou ela.

Não acreditei na facilidade. Eu estava mesmo irresistível! Seria a perda de peso?

Antes de eu tentar contabilizar sobre as gramas que eu, eventualmente, tivesse perdido, me ocorreu que ela tinha uma arma. Porém, contudo, todavia... se eu fosse morrer, que morresse trepando.

Descemos uma rua que fazia esquina com a banca. As casas de alto padrão, todas naquele estilo de arquitetura de inspiração portuguesa, não emanavam nenhum tipo de música.

Ótimo! Não queria nada que me suscitasse lembranças de Kátia.

Passamos pelo portão de sua casa.

Um feroz rottweiler veio ao nosso encontro, ainda no pequeno e bem ornamentado jardim de entrada. Antes que ele me estraçalhasse, ela o domou com maestria notável.

Outra surpresa que tive ao entrar na residência, envolta num delicado aroma de vanila, foi a sofisticação da decoração. Nitidamente, tinha passado pela mão de um arquiteto, que projetou uma ampla cozinha americana, paredes harmonicamente pintadas em cores diferentes, quadros a óleo originais, eletrodomésticos de última geração e, sobre uma cômoda antiga, certamente coletada em antiquário, estavam dobradas algumas calcinhas brancas, cheia de coraçõezinhos desenhados, e um botton com uma gotinha vermelha!

Caraca! Além da pistola, as mulheres daqui usam o mesmo modelo de lingerie! E esse luxo todo? Aquela banca rendia tanta grana assim?

Claro que não fui tão direto na pergunta sobre os seus rendimentos. Indiretamente, cheguei a perguntar se aquilo tudo era projeto de um arquiteto. Perguntaria sobre as calcinhas num momento mais apropriado.

Ela me respondeu com clarividência:

– Vocês homens acham que o mundo é de vocês. Por que arquiteto e não arquiteta, ou até mesmo uma engenheira?

Sem jeito respondi:

– Força do hábito.

Ironicamente, ela continuou:

– Pois foi uma engenheira! E antes que você, preconceituosamente, me pergunte se ela é lésbica, te digo que ela gosta muito de homem, embora não de coroa como você.

Sem jeito, após tantas patadas desnecessárias, observei, na cômoda, um porta-retrato com a foto dela junto a de um rapaz louro bem mais jovem, e, nitidamente, um fisiculturista.

Ela parecia de fato, não gostar de velho, então, por que estávamos ali?

Não mais que de repente, ouvi um toque no meu celular, característico do *Messenger* do Facebook. Ao puxar o aparelho do bolso vi que era Kátia. Me chamava através de outro perfil – Katia Wk – e sua mensagem dizia: "Tentei te esquecer, mas não paro de pensar em tudo."

O mundo congelou.

Mesmo que a mensagem não fosse tão assertiva, para mim

era um presságio de que ela, realmente, havia ficado impactada com tudo o que acontecera entre nós.

Eu só não conseguia entender do por que me contatara de outro perfil no Facebook.

Quantos ela teria?

Neste Katia Wk, sem assento no "a", a foto de perfil era de um rottweiler.

Pistolas douradas, rottweilers, calcinhas iguais... Tudo parecia ter uma ligação misteriosa.

Fosse como fosse, a retração peniana foi imediata. Eu queria voltar logo para cidade e começar a procurar Kátia.

Ao observar que eu estava colado ao celular, a jornaleira se referiu à foto do porta-retrato, dizendo que o fortão era seu ex-marido, que ele havia feito algo muito errado com ela e que uma amiga ia dar cabo dele logo.

Eu nem estava mais lembrando desse porta-retrato, no entanto, fiquei intrigado com a expressão "dar cabo dele".

Ela percebeu, sorriu, se aproximou de mim e me beijou.

Foi surpreendente. Ela beijava bem.

Indo direto ao ponto, começou a acariciar meu rosto com as unhas, descendo pelo meu tórax e, quando chegou aos meus quadris, sentou-se no sofá, desabotoou meu cinto e abaixou minha calça.

Fechei os olhos e comecei a pensar na infalível Marli, mas nem isso deu resultado.

Ela seguia passando as unhas pelos meus joelhos e foi subindo pelas minhas coxas.

Percebi que ela ia em direção às minhas nádegas e ia enfiando o dedo no meu ânus.

Isto, para mim, nunca funcionou. Pelo contrário tinha o efeito reverso. Foi o estratagema que eu precisava.

Afastei-me, bruscamente, dando uns dois passos para trás.

Ela olhou para mim e, sem se alterar, disse:

– Desculpe... é que meu ex-marido só funcionava assim...

O clima se quebrou, ou pelo menos sugeriu isso. Levantei a calça e, um tanto constrangido, fiquei ali sem saber bem o que fazer.

Friamente, ela se levantou do sofá e foi até a cozinha.

Minutos depois, retornou com um copo d'água e, após um gole, enunciou:

– Vamos?

Ela abriu a porta e me ofereceu a passagem.

Eu já estava fora da casa, quando ela me avisou:

– Esta carteira no chão não é sua?

Apressei-me para pegá-la, admirado por não ter notado que ela havia caído do meu bolso. Deve ter sido a empolgação.

Fomos caminhando até a banca. Mudos.

Ao chegarmos, ela me deu um beijo no rosto e entrou.

Fui para o ponto aguardar o ônibus e torcer para que tivesse passagem disponível para seguir viagem. Enquanto pude observar a jornaleira, eu parecia invisível para ela.

Estranho.

Tudo parecia mesmo muito estranho, mas também instigante.

Felizmente, não demorou, e o ônibus chegou quase vazio.

Sorte!

Ao sacar a carteira para pagar a passagem, me ocorreu checá-la e não dei falta de nada. Não foi um golpe.

Alivio.

Já acomodado na poltrona, voltei ao celular e curti todas as postagens da Kátia em sua página no Facebook, quase me tornando um especialista em rottweilers.

Infelizmente, não havia nada pessoal, apenas postagens sobre a referida raça de cão.

Passei então a ligar para ela pelo Face Time, e mandei vários "Oiiiii!" pelo Messenger, mas logo o sinal sumiu.

Acabei adormecendo.

Acordei com o motorista me avisando que havíamos chegado. Isso nunca me aconteceu antes. Nunca dormi tão bem em ônibus.

Caminhei com os olhos fixos na tela do celular, quase esbarrando em alguns transeuntes.

No táxi, a caminho de casa, o motorista me perguntou se eu queria água ou balas, e começou a puxar conversa sobre os mais diversos assuntos.

Eu estava aéreo e mal interagi. Certamente, achando se tratar de um cliente antipático, mas com receio de uma avaliação negativa, ele permaneceu calado pelo restante da viagem.

Ao voltar a checar o celular, apurei que Kátia voltara a me bloquear no Facebook.

Que mulher é essa?!

Capítulo 5

Passaram se dias muito solitários, e eu não parava de pensar em Kátia, embora ela não tivesse mais feito contato.

À noite, eu rolava na cama sem conseguir dormir e, por mais que eu quisesse esquecer aquela pessoa que eu só tinha visto umas duas vezes na vida, mais avassalador era o meu pensamento nela.

Eu não entendia mais nada.

Numa daquelas manhãs de céu límpido, quando o sol entra pela casa, mais iluminando que aquecendo, já que os primeiros ventos do inverno refrescavam agradavelmente uma cidade tropical, trazendo consigo o odor do mar de laranjeiras que cobria a rua onde moro, acordei lamentando não estar tão feliz quanto aquele lindo dia clamava.

Levantei, tomei uma ducha morna, coloquei um roupão que não usava desde o inverno passado, e fui à cozinha.

Liguei a cafeteira e despejei o que ainda restava de uma caixa de cereais em um pote com leite achocolatado. Nada light, mas ajudava a controlar um pouco a ansiedade. Pelo menos é o que dizem.

Adeus à boa forma.

Fiz tudo com o iPad na mão, lendo as últimas notícias sobre os escândalos de corrupção, tanto do governo quanto da oposição. O desânimo só aumentou.

Inquieto, acabei devorando a cumbuca de cereal avidamente, mesmo não precisando sair às pressas, já que trabalhava em regime de *home office*.

Diga-se de passagem, meus afazeres profissionais não se concluíam. Tinha recebido uma encomenda para fazer uma caricatura para o novo álbum de coletâneas para Billy J. Kramer, e nem tinha terminado a de Chubby Checker.

O café já estava pronto. Enchi minha caneca nova-iorquina e comecei a bebericar.

Com a caneca na mão, o tablet na outra, o Messenger fez sinal.

Era Kátia, vi logo no visor do celular que estava sobre a bancada da cozinha.

Ela me enviou um simples "oi".

Larguei tudo que estava fazendo para responder a ela de pronto e, nessa afobação, um pouco de café quente respingou e queimou meu pulso.

Aprendi que nesse caso, o melhor a se fazer é molhar com água corrente o local atingido, porém, mesmo sabendo que essa queimadura continuaria a arder, meu foco era Kátia.

Eu tremia e, em vez de escrever, liguei pelo Face Time, e ela... atendeu!

Parecia animada:

– Oi!

Meu coração disparou e, entregando o jogo, passei um tempo descarregando o quanto estava morrendo de saudades dela. O que aconteceu de forma ininterrupta e unilateral.

Após um verdadeiro tratado de amor, apenas silêncio total do outro lado da linha – a ligação teria caído? – interpelei:

– Alô, Kátia! Você está me ouvindo?

Ouvi, um ruído típico de quem está com a boca cheia.

– Estou sim...

Eu perguntei:

– Você esta comendo?

Ela:

– Hum-hum...

Reclamei:

– Poxa, eu te faço uma verdadeira declaração de amor e você só diz "hum-hum"?

Silêncio.

Continuei só escutando o som, como se ela continuasse a mastigar. Demonstrando certa irritação, subi o tom de voz:

– Kátia! Alô!!!

– Oi! Pera aí... só um segundo...

Esperei, pacientemente, longos 39 segundos, contados no relógio do celular. Ela voltou um tanto ofegante:

– Oi!

– Você está comendo ou malhando?

– Mais ou menos...

– Mais ou menos?!

– É que derrubei um copo d´água no chão.

Apesar da indiferença e cinismo, voltei a demonstrar que não sei jogar tão bem assim:

– A coisa que eu mais quero é te encontrar agora!

Ela, como se tivesse acabado de engolir alguma coisa, voltou a ser concisa:

– Calma! Vamos nos falando...

Fiquei alucinado com essa resposta trivial. Quando eu ia responder, ela emendou, com a voz, ainda um pouco ofegante:

– Desculpe, vou ter que desligar agora, te ligo no sábado.

Pensei na hora que ainda era segunda-feira, e que seria uma longa semana.

Intrepidamente, tentei prolongar nosso papo:

– Pera aí, Kátia! Vamos tentar nos ver antes. Onde você mora? Me passa o seu zap!

Seguiu-se um irritante hiato, até ela, mais uma vez falando como se estivesse lambiscando algo, insistir:

– Vamos nos falar por aqui mesmo... – interrompendo, ela deu um gritinho: – Ai!

– O que foi?! – indaguei com nervosismo.

Ela, seguindo com a risada, respondeu:

– Nada. Fica bem. Tchau!

Desligou.

Fiquei meio que paralisado, sem saber o que fazer, apenas com vontade de enviar uma mensagem dizendo: "Te amo."

Ridículo, racionalizei. Era para eu mandar ela para "aquele lugar", contudo parecia me faltar forças para isso.

Fui ao banheiro e, finalmente, pus meu pulso queimado em água corrente na pia.

Fiquei me olhando no espelho, pensando naquela ligação confusa.

Na ansiedade, não aguentei ficar muito tempo me molhando. Afinal de contas, não tinha sido uma queimadura tão grave assim. Homens são muito frouxos com a dor...

Como sempre recorri ao Spotify. Queria ouvir algo romântico.

Afora meu vasto conhecimento de música pop, não elaborei muito, me vindo à cabeça a ingênua, porém não menos auspiciosa gravação de "When Love Comes Knockin' (At Your Door)" dos Monkees: "Quando o amor chegar batendo à sua porta/ Apenas abra e deixe-o entrar/ Será um passeio em um tapete mágico/ Então, garota, não fuja e nem se esconda."

Quando um homem na casa dos 50 tem como referência uma

letra de música feita para alguém de 13, é fatal...

Ao som de "When Love Comes Knockin' (At Your Door)", tocando repetidas vezes, me abstrai de todo desleixo de Kátia na ligação, guardando, como um tesouro mental, a banal frase: "Sábado te ligo."

Será que ela teria dito mesmo "Sábado"?

Quis acreditar que sim.

***

Enquanto eu conversava com Kátia e depois ouvia os versos românticos da canção dos Monkees, ela estava nua, numa cama *kingsize*, cavalgando como uma amazona sobre um jovem marombeiro negro, este com as mãos agarradas aos seus seios, rolando os mamilos entre os dedos.

À medida que ele erguia a bacia o suficiente para mantê-la equilibrada e depois afrouxava, deixando-a cair montada, ela urrava fincando as unhas no peitoral do rapaz. Com a outra mão segurava, como se apoiando em um mastro, o membro de um homem loiro, que estava de pé, encostado numa enorme cabeceira acolchoada branca.

A suíte, toda revestida por um papel de parede azul celestial, não possuía quadros, o que ressaltava aquela cena de sexo multirracial.

Mesmo com o split a 17 graus, todos estavam ensopados de suor, o que pressupunha já estarem ali há muito tempo, num sexo selvagem.

Percebendo que ainda estava com os fones usados na ligação que fizera para mim, ela o arrancou dos ouvidos e começou a acoitar os dois, o quanto pode, até os fios se romperem.

Ao negro que estava embaixo, ela ordenou:

– Fala: "Tava falando com o otário do seu namorado, sua vagabunda?".

O rapaz repetiu o que ela mandou, com todas as letras, e voltou a ficar calado.

Após um urro gutural, ela se jogou para o lado da cama, muito ofegante, como se estivesse tendo um forte, porém sofrível, orgasmo.

Ela se refez em pouquíssimo tempo. Colocou-se de joelhos na cama e, com o dedo indicador, fez sinal para que os dois garanhões se retirarem em silêncio.

Um deles, como se já estivesse estipulado previamente, foi ao banheiro da suíte, e lhe trouxe uma toalha. Ela se limpou e gargalhou, olhando para o teto.

Num movimento rápido, enquanto continuava a passar a toalha pelo corpo, esticou-se até a mesa de cabeceira e pegou o celular, em meio a várias embalagens de camisinhas.

Após uma breve checagem, ficou séria, jogou o celular sobre a cama e foi para o banheiro da suíte.

Kátia saiu belíssima do quarto, com um lindo vestido florido, sapatos de grife e elegantemente maquiada – nem parecia que, há pouco, estava estendida em seu leito, toda melada.

Ela se sentou numa suntuosa poltrona *vintage* de veludo azul-marinho, ante uma parede vermelha com uma pintura abstrata bem centralizada, em tons amarelo-ouro.

Aos seus pés, o piso de Carrara, onde os dois homens, vestidos, aguardavam de pé, na sua frente.

Majestosa, ficou olhando em silêncio para um e outro, terminou fixando o olhar no louro, e disse:

– Você fica!

Ao negro, mandou:

– Se manda!

Em silêncio, ele caminhou em direção à porta.

Referindo-se ao loiro, determinou:

– Vai, e me aguarda naquele lugar que você sabe. Chego em uma hora, e quero você me esperando lá.

Ela e o rapaz se beijaram rapidamente, e ele saiu, mudo.

Kátia permaneceu algum tempo no WhatsApp, respondendo mensagens e as apagando em seguida. Sua expressão se alterava entre o sorriso e a irritação.

Após desligar o celular, ela caminhou até um móvel, encheu um copo com uma dose tripla de Macallan e o tomou de uma vez.

Ao pegar sua bolsa, uma legítima Louis Vuitton, Artsy MM, estilo sacola, deixou o copo sobre o móvel, colocou óculos escuros e se foi.

Na portaria, puxou um papo informal com o porteiro. Então, atravessou a rua e parou num antigo mercadinho em frente.

Dentro da loja, piscou um dos olhos para quem parecia ser o responsável pelo local. Ele balançou a cabeça num sinal de aprovação.

Se dirigindo aos fundos do estabelecimento, encontrou-se com outra mulher muito parecida com ela, inclusive com uma roupa idêntica. Sem darem uma palavra sequer, trocaram perucas e sapatos. Essa mulher deixou a loja minutos depois, tal qual Kátia havia entrado.

Depois, a própria Kátia saiu do mercadinho de peruca loura, capa marrom, um sapato baixo preto e indefectíveis óculos escuros. Dobrou várias esquinas e, de um segundo celular, chamou um carro por aplicativo.

Puxou conversa com o motorista, simulando um sotaque espanhol perfeito. Ao chegar a uma rua com pouco movimento, seguiu por um caminho de terra batida, bastante arborizado, embora deserto, onde restavam apenas galpões abandonados e onde se via uma placa enferrujada informando ali ter sido a "Fábrica Viena".

Após andar uns cinco minutos, avistou um mirante com uma bela vista.

O local ficava à beira de um precipício bem íngreme, diante

de um mar revolto e dito infestado por cardumes de ferozes barracudas.

Tinha fama de amaldiçoado, dado os muitos suicídios que ali ocorriam.

O motivo de atrair tantos desesperançados se devia ao preciso resultado, pois, se o suicida não morresse na queda, certamente não escaparia do apetite das barracudas. Daí o despenhadeiro ser conhecido como "Vale da Morte".

O rapaz loiro estava lá a sua espera. Longe da submissão que mostrara no apartamento, o boy foi bastante afirmativo:

– Porra! Que demora!

Carinhosa, ela respondeu:

– Que gracinha, meu baby ficou com saudade...

Neurastênico, ele bradou:

– Não sei por que fazer a porra desse ritual! A gente devia se mandar logo!

Ela, achando graça, o pegou pela mão e o conduziu em direção ao precipício, poucos passos à frente.

Ao chegarem à beirada, ela se colocou por traz dele, e o abraçou, começando a fazer carinho com as unhas no tórax do rapaz, enquanto o mordiscava no pescoço, até chegar na orelha e cochichar no seu ouvido:

– Agora eu vou te fazer chegar ao clímax que você não teve no quarto. Você sabe que eu sei fazer como você gosta, não sabe? Vamos fazer isso como um ritual de despedida para nossa nova vida longe daqui.

O rapaz, relaxando, fez que sim com a cabeça e fechou os olhos.

O vento frio batia em seu rosto, tendo ao horizonte os picos de uma montanha.

Ela foi passando delicadamente as mãos no abdômen dele, até descer e começar a desabotoar sua calça.

Parou o movimento no meio e foi dirigindo as mãos para as

costas dele. Quando encontrou um ponto de apoio, empurrou-o bruscamente.

Mordendo os lábios, Kátia o observou despencar para morte. De tão surpreso, ele não teve tempo de gritar.

Após ver aquele pobre homem cair no mar e não emergir mais, ela conclamou:

– Traidor filho da puta! – E se retirou do local tranquilamente.

No caminho, tirou a peruca loura e a capa, colocou tudo na bolsa, e vestiu um pulôver lilás. Já no táxi, enquanto conversava com o motorista, agora com um sotaque nordestino, tirou, disfarçadamente, os sapatos, e os embrulhou num saco plástico, colocando-os também na bolsa. Calçou uma sandália, e ligou seu segundo celular.

Saltou num local de periferia e chamou outro Uber, que a levou para seu bairro.

Num terceiro celular, passou um WhatsApp e o desligou em seguida.

Desceu próximo ao mercadinho antigo.

Lá, reencontrou-se com aquela mesma mulher com quem havia trocado de roupa, antes do assassinato. Elas se colocaram na baia, nos fundos dessa mercearia, e lá trocaram novamente de peruca, calçados e roupas.

A outra mulher disse:

– Que whisky bom aquele lá no apartamento, hein? É ai? Eliminou o X 9?

Kátia respondeu:

– Foi moleza. Além de traidor, é burro. Como é que deu as costas para mim? Além do mais, fez nossa amiga sofrer. Já não basta ela ter que ficar fazendo missão numa banca de jornal? Não sei o que ela viu nele, além da beleza. Eu tinha que enfiar meu vibrador nele para as coisas funcionarem. Bicha enrustida! Deve ser por isso que não teve medo de ficar de costas para mim!

As duas riram discretamente e bateram as mãos em sinal de vitória. Ao trocarem os disfarces, a mulher fez uma afirmação para Kátia:

– Miga, você tá diferente...

Kátia fez cara de estranhamento e saiu sem dar explicações.

Esplendorosa, deixou o mercadinho com uma sacola de compras cheia de pêssegos, ameixas e cajus. Chegou ao prédio e puxou outro papo com o porteiro.

Ao entrar no apartamento, deixou o pacote de compras sobre um móvel buffet e foi desabotoando o vestido, até este deslizar e ficar pelo chão da sala.

Tirou calcinha e sutiã, jogando as peças a esmo e, nua, sentou-se no sofá da sala, demonstrando cansaço. Com o controle remoto, acionou o aparelho de som e pôs uma playlist do Led Zeppelin, em alto volume.

Com a garrafa de Macallan na mão, tomou talagadas pelo gargalo, enquanto via no Messenger todos os corações que eu havia lhe enviado. Foi até a janela e, ao abri-la, recebeu uma rajada de vento frio.

Impassível à baixa temperatura e com os cabelos esvoaçantes, pressionando os seios no peitoril, fixou o olhar no limiar da montanha em frente, de onde emanava um céu alaranjando, salpicado de pequenas nuvens que iam se transformando num tom de azul royal.

Seus olhos ficaram marejados, e ela murmurou:

– Eu não posso... Não posso.

Capítulo 6

A semana foi longa.

Aguardando o grande dia, intensifiquei os exercícios físicos, a dieta, e até tentei meditar.

Não quis me pesar, mas senti algum progresso ao afivelar meu cinto.

Só não consegui mesmo foi meditar. Era demais para mim.

Eu até sabia de uma dica "fácil" para iniciantes em meditação. Numa viagem que fiz à Índia, ao cruzar com um iogue, ele me disse sobre uma técnica simples e sem rituais. Bastava eu ficar, em qualquer lugar, quinze minutos em contato com a minha respiração, de olhos fechados e... não pensar em nada.

Impossível. Meu pensamento estava centrado no celular.

Passei aquele sábado grudado no visor. Ela permanecia *off*.

Um amigo deixou uma mensagem gravada, preocupado, pois eu "estava sumido". Respondi que estava tudo bem e que depois eu entraria em contato. Não saberia explicar-lhe que eu estava louco por alguém que mal conhecia.

Ansioso, eu era um misto de sensações – irritação, euforia, tristeza, alegria, porém o mais preocupante era que eu estava, digamos, assexuado...

Será que esse estado de inércia peniana continuaria o dia inteiro? Lembrei de um ditado popular: "Enquanto eu tiver língua e dedo, mulher nenhuma me mete medo"

Mas eu queria dar um show! Qualquer problema, tomaria um Viagra. O estimulante não era novidade para mim.

Certa vez, me dei de aniversário uma ida ao prostíbulo mais chique da cidade, e fiquei com uma loura estonteante. Claro que eu não ia correr o risco de morrer numa grana enorme, e as coisas não funcionarem. Então tomei o azulzinho e tudo deu "certo".

Embora aquela loura fenomenal fosse uma profissional do

sexo, não foi minha melhor trepada. Eu já havia ficado com mulheres não tão bonitas, mas muito melhores na cama do que ela. Afinal, aquilo era um trabalho e talvez não dos mais fáceis, como muitos, hipocritamente, gostavam de pensar. Por isso, sempre fui a favor da regulamentação dessa profissão.

Seja como for, caso Kátia não venha a furar, e vou "armado" com o comprimido milagroso. *Salve quem inventou o Viagra!*

Terminei por ficar com dor de cabeça de tanto olhar o celular e, só no final da tarde, ela me enviou um "oi".

Fiquei ofegante, respondi, e ela demorou infindáveis segundos para replicar. Quando o fez, repetiu o sucinto "oi".

No entanto, tive a grata surpresa de receber uma ligação sua pelo Face Time. Atendi, e ela foi mais que direta:

– Vem pra cá! Dorme aqui.

Não acreditei, mas, antes que ela se arrependesse, peguei o endereço: era o bairro mais nobre da cidade.

Tomei banho, fiz a barba, e uma imersão do meu melhor perfume. Vesti uma roupa tipo *casual chic*, não a da minha preferencia, pois como ainda estava acima do peso, tinha que ser algo que não ressaltasse tanto a minha barriga.

Pus meu melhor pijama na mochila, mas o retirei em seguida... pijama é coisa de velho! Como artigos de primeira necessidade, pus umas 30 camisinhas na mochila e... cadê o Viagra?

Passei na primeira farmácia que encontrei. Só tinha mulheres atendendo. Ao solicitar o medicamento, reparei que a atendente era bem interessante.

Comecei a sair da fase de retração peniana. Ótimo!

No uber, felizmente o motorista não puxou conversa, e eu pude ficar fantasiando pegar Kátia nas mais diversas posições do Kama Sutra, o qual vinha sendo meu livro de cabeceira, durante aquela longa semana.

Cheguei ao prédio dela e me surpreendi com o luxo.

Subi no elevador me penteando e ajeitando a roupa em frente ao espelho. Me achei gordo. Droga!

Respirei fundo e toquei a campainha do apartamento.

Nada.

Seria falta de educação tocar de novo? A espera estava longa.

Verifiquei se o apartamento era aquele mesmo. Era sim.

Quando estava prestes a apertar a sineta pela segunda vez, Kátia abriu a porta, com um deleitável sorriso. Ela estava mais linda do que minha memória havia registrado.

Nós nos abraçamos forte e, quando fui beijar sua boca, ela me afastou, dizendo baixinho:

– Agora, não!

Aquilo chegou a doer em mim. Decepcionado, não disfarcei em perguntar o que estava acontecendo.

Ela, sem rodeios, disse que tinha uma pessoa, embora não tivesse mais nada com ela. No entanto, essa tal pessoa havia chegado de viagem de repente.

Antes que eu assimilasse sua resposta, um frio se estabeleceu na minha espinha, e ela emendou:

– Não tem problema, você dorme aqui hoje, É até bom, pois eu vou ter que sair com ele, e, amanhã de manhã, você recebe uma amiga minha que vem entregar uma encomenda. O nome dela é Debora.

Kátia, depois de ter dito o que disse, foi fazer as coisas mais triviais possíveis, como passar batom no lavabo contíguo a sala. Eu fiquei ali, sem ação.

Talvez o melhor a fazer, recorrendo a um mínimo de autoestima, seria sair dali, mas eu não conseguiria.

Mudo, frustrado e confuso, eu ficava a observar aquela bela mulher com roupas de grife, dois iPhones de última geração, uma chave de BMW na mão e, pela sua desenvoltura ao interfone, quando ligou para o porteiro pedindo o carro, uma simplicidade subliminarmente chique, e não aquela típica arrogância dos novos ricos.

Mas, se ela era a dona daquela cobertura, por que havia viajado num ônibus intermunicipal? Seria ela secretária, amante, ou sei lá o que do real dono daquele apartamento? E se o proprietário chegasse e me pegasse ali? Ou pior. Seria ela uma traficante?! E essa encomenda que a amiga iria entregar? Seriam drogas?

Enquanto eu permanecia nesse *brainstorming* de suposições, ela saiu do lavado. Pegou a bolsa, chegou até mim, e me beijou. Um beijo ardente.

Esqueci todos meus questionamentos. Como um polvo de dois tentáculos abracei-a, acariciando tudo o que podia. Que corpo! Curvilíneo, rígido, suave, perfumado...mas me assustei, ao constatar que ela estava sem calcinha.

Quem é essa mulher?, pensei, enquanto a beijava.

Ela, delicadamente, parou de me beijar.

Reparei-a de olhos fechados. Séria. Todavia, logo voltou a assumir a expressão de cinismo e disse:

– Fica à vontade, baby...Tchau!

Enquanto saia, se virou para mim e avisou:

– Na geladeira tem tudo que você precisa. Seu quarto é esse aqui de baixo. Não deixa de atender a Debora amanhã. Você vai gostar dela, baby, mas olha que sou ciumenta, hein?! – Ela se foi às gargalhadas.

E lá estava eu, naquela gaiola dourada. Impossível abstrair uma situação tão estranha. Eu, um quase desconhecido, e ela, com a maior naturalidade, me colocando para dormir sozinho naquele apartamento. Apartamento digno de milionário.

Era uma gigantesca cobertura duplex, com um mezanino em pleno salão de pé-direito alto, o que sugeria ser um triplex.

A sala de estar, que se avistava logo na entrada, era algo enorme e deslumbrante, com um gigantesco tapete persa sob uma mesa de centro do tamanho da minha mesa de jantar. Em torno dela, grupos de quatro sofás de diferentes designs – três de dois lugares e um de oito – atrás de uma parede branca com um enorme quadro abstrato em tons de bege. Na outra ponta, se avistavam janelões que davam para uma varanda que ladeava todo o apartamento, e de onde se via o mar no horizonte.

Eu poderia ter ido embora. Aquela situação cheirava a perigo. Embora eu continuasse, sem saber por que, querendo permanecer ali. Era mais forte do que eu.

Mesmo que não tivesse passado muito tempo do meu último banho, eu havia suado frente àquele susto e então entrei no banheiro da "minha suite". Perto da banheira de hidromassagem, havia um par de toalhas brancas fofas e felpudas, roupão e um pijama dobrado, novinho em folha, modelo Neiman Marcus, igualzinho a um que eu havia ganhado de presente de uma namorada. Idêntico ao que eu iria trazer. Mas como ela sabia o meu manequim?

Na cozinha, havia duas geladeiras prateadas abarrotadas de pratos gourmet pré-preparados; jarras com água de coco; sortimento de sofisticadas bebidas alcoólicas. No freezer, uns dez potes de Haagen-Dazs.

Fui para cama, segurando uma bandeja de prata. Nela, um ravioli de caju com camarões secos – pelo menos era o que estava escrito na etiqueta, antes de eu levá-lo ao forno. Acompanhando a refeição principal, coloquei um tasco de queijo parmesão, um ralador manual, uma generosa taça de sorvete de pistache e uma taça de Veuve Clicquot.

Acomodado que nem um rei para uma nobre refeição, liguei o split em 23 graus, e comecei a zapear a televisão à procura de um canal pornô. Encontrei todos que um pacote de TV por assinatura podia fornecer. Como eu tinha "pós-doc" no assunto, fixei-me num filme, cuja legenda informava ser edipiano *Alison Tyler Son Addicted to Mom*. Sorte, pois a Alison Tyler é uma das minhas atrizes pornôs favoritas.

Ainda voltei à cozinha para levar a bandeja e trouxe outra taça de espumante. Acabei adormecendo com a televisão ligada. Acordei com o interfone tocando.

Dei um pulo da cama, topando com uma cena de sexo explícito. Desliguei a TV. Ao atender, me informaram que era a tal da Debora. Falei para subir.

Enquanto isso, na cozinha, percebi que tinham lavado a louça que eu havia deixado. Alguém havia entrado ali. Não tive tempo para pensar nisso.

Fui a banheiro urinar, escovar os dentes (não havia feito nada disso na noite anterior) e pentear o cabelo para receber a moça que já tocava a campainha.

Quando abri a porta, me deparei com uma sósia da Alison Tyler! Vendo bem, era melhor que ela!

Ela apertou minha mão com firmeza e disse, muito simpática:

– Bom dia! Tudo bem com o senhor? Sou a Debora.

O sentimento de me guardar para Kátia enfraqueceu. Muito. Como os homens são safados, refleti isso pela enésima vez.

Porém, a frase "Você vai gostar muito dela, baby" funcionou como uma espécie de "absolvição". Será que ela disse "muito"? Não importava.

Debora era uma delicia. Uns 20 aninhos, rosto lindo, mais alta do que eu, cabelos negros e longos, se estendendo até sua fina cintura, ressaltada pelos avantajados quadris aos quais seguiam belas pernas. Seus seios não eram tão grandes como os da Alison Tyler, mas na medida certa. Tudo isso embrulhado num microshort jeans, uma camiseta *baby look* branca, talvez umas duas vezes menor que seu número, que deixava transparecer seus proeminentes mamilos, sem sutiã. Para arrasar ainda mais, ela calçava um sapato de salto alto e tinha unhas longas e bem pintadas.

Eu a convidei para entrar. Ela me perguntou:

– Posso colocar as sacolas no sofá?

– Claro! – respondi. – Quer café? – emendei.

– Não, obrigada. Tem água? – solicitou ela.

Mesmo se não tivesse, eu fabricaria, então nem respondi e fui, quase correndo, pegar água. Trouxe um copo. Ela olhou para mim e sorriu, antes de pegá-lo.

Seus trajes provocantes e sua simpatia me deram confiança para dar uma investida.

Naqueles segundos, enquanto ela sorvia o líquido, me imaginei abraçando-a e mordiscando o lóbulo de sua orelha, descendo minha língua pelo seu pescoço, lambendo-a até suas clavículas e subindo ao queixo. Ao mesmo tempo, eu apertava seus seios e os massageava, os esmagando com delicadeza, enquanto ela acariciava meus ombros e tórax. Pondo-me de joelhos, e sem tirar os sapatos dela, comecei a lamber o peito do seu pé, subindo pelas pernas e chegando aos seus microshorts, os quais comecei a desabotoar.

Corta!

Ela terminou de beber e me entregou o copo. Sorrindo, ela disse:

– Obrigada. Tenho que ir. Tchau!

Ao estender a mão para um cumprimento, eu aproveitei e a puxei para mim, indo direto beijá-la na boca.

Débora recuou, sem retirar a expressão de sorriso, tentando ser educada:

– Que é isso, senhor?! Sou casada...

Sua fisionomia plácida me fez prosseguir no assédio. Eu então a trouxe de volta para mim, puxando-a pelo pulso, e tentei beija-la outra vez.

Em uma fração de segundo, aquela simpática moça se desvencilhou das minhas mãos com extrema facilidade e, sem tirar o frio sorriso do rosto, dobrou os joelhos, pôs o pé direito apontado em direção ao espaço entre minhas pernas, fechou o punho da mão esquerda, como se fosse me dar um soco e, sem mais nem menos, desferiu um golpe no meu peito com a mão direita.

Fui projetado uns dois metros para trás e cai de bunda no

chão. A precisão do murro foi tamanha, que logo percebi que estava diante de uma exímia praticante de artes marciais.

Ainda com aquele aprazível semblante me encarando nos olhos, ela confirmou:

– É o soco de uma polegada. Uma técnica do estilo *wing chun*, muito usada por Bruce Lee. – Com isso, ela se virou, pegou a bolsa, abriu a porta e foi embora.

Fiquei assombrado com a situação e, até mesmo por ser fã do Bruce Lee, vi que me livrei de ter me machucado gravemente, caso o soco tivesse sido pra valer.

Ainda estendido no assoalho, fui me refazendo aos poucos, e me conscientizando do terrível ato sexista que eu praticara.

Quantas vezes eu já havia criticado falas aviltantes do tipo: "Fulana, do jeito que se veste, com trajes mínimos e fazendo caras e bocas, merecia ser estuprada!"

Quase fiz a mesma coisa!

Já de pé, ainda meio atordoado pela pancada, me ocorreu checar as sacolas que Debora havia deixado num dos sofás.

Ao abrir uma delas, havia vários saquinhos de pano branco.

Peguei um e abri o lacre de fita adesiva marrom, com uma numeração.

Era uma calcinha branca com coraçõezinhos desenhados e um botton com uma gotinha vermelha do lado direito.

Foi arrebatador! Não eram drogas. Então o que seria aquilo? Uma rede de prostituição de luxo?

Fui para copa, em meio a uma série de perguntas sem respostas.

Pus uma cápsula de café forte na cafeteira e abri a geladeira que me oferecia tudo de bom para um belo desjejum.

Em seguida, me sentei na ilha daquela luxuosa e espaçosa copa/cozinha, sob zênites que deixavam a luz natural cair sobre um café da manhã majestoso, no qual me fartei com suculentas *blueberries* azuis, croissants, queijo brie e geleias da Christine Ferber com waffles belgas.

Ao final, sem conseguir me esquecer da surra física e moral que eu havia levado, comecei a racionalizar como tudo aquilo era muito louco, inconsequente e perigoso. Absorto nos meus pensamentos, tomei um susto ao som da campainha do meu celular. Era Kátia chamando.

Ao atender, ela não me deu espaço nem para dizer alô:

– Que decepção, hein?!

Aquilo me tirou a graça, pois era óbvio que ela ficara sabendo do meu vexaminoso ato. Sem falar mais nada, desligou. Será que eu tinha estragado tudo?

Por que os homens são assim? Seria algo ligado ao gênero, ou fruto de uma maléfica cultura machista? Dane-se! Não vou ficar me flagelando!

Afinal, quem é ela para me dar lição de moral, em meio a todo esse jogo?

Nada me impedia de ir embora, mas se eu ainda não tinha ido, era porque na verdade, estava gostando de tudo aquilo. Era algo diferente de uma rotina de 30 anos de acordar, trabalhar e dormir. Afinal, não era eu que sempre repetia a máxima , se fosse para morrer que morresse trepando?

Então, inusitadamente, eu quis comemorar aquela minha suposta libertação.

Abri mais um dos caríssimos espumantes que lá estavam, e tomei uma taça em um único gole. Terminei uma garrafa de Moët & Chandon, que por sinal nem era espumante e sim champanhe, antes do relógio marcar 10 horas da manhã.

Peguei o fone e encaixei no celular. Pus no Spotify "One", do Three Dog Night, uma música sobre solidão.

Contudo, para mim, aquilo estava significando um sepultamento da solidão, da vida certinha e, quem sabe, dos preconceitos chauvinistas.

Embriagado, comecei a rir de tudo e fiquei a dançar por aquele vasto apartamento, ao som da música às alturas no meu fone de ouvido.

Sem culpas. Liberto. Quem sabe, feliz.

Não me importando com mais nada, esperando pelo que a noite ainda iria me oferecer, decidi que, a partir daquele momento, eu passaria a aceitar o jogo.

Capítulo 7

Tentei dormir durante o dia, para enfrentar a noite misteriosa que teria pela frente, porém, o máximo que consegui foi um mísero cochilo de alguns minutos.

Para aplacar minha inquietação, fiz tudo que tinha à minha disposição. Suei uma hora numa esteira na sala de ginástica do apartamento, anexa a uma sauna, da qual saí derretendo.

Embora sempre me lembrando do conselho médico de me hidratar, isto não me tirou o apetite de explorar as guloseimas daquela cozinha gourmet. Encontrei na geladeira, uma airosa salada verde, numa embalagem plástica, cuja etiqueta informava ter sido acondicionada há poucas horas.

A gula venceu o medo, e não fiz muitas conjecturas. Ótimo que estivessem suprindo a dispensa, fosse quem fosse o encarregado invisível da logística, que habitava aqueles 400 m2 comigo. Eu queria mais!

Assim sendo, besuntei à vontade a salada com molho de mostarda e mel, e aproveitei-a como guarnição para um prato de lagostins grelhados, temperados na manteiga de estragão, que estavam no freezer

Passei a tarde na cama, engordando a base de pipoca e água de coco, zapeando a TV entre meus diletos gêneros: dos pornôs às séries que iam de *Suits* até a antiga *O Rei dos Ladrões*.

Por volta das 19 horas, voltei à prazerosa imersão naquele gigantesco banheiro da suíte. O fiz demoradamente, numa banheira de hidromassagem, usufruindo de todos os cosméticos franceses ao meu dispor: sais, esfoliantes, sabonetes líquidos, xampus e cremes.

Já me sentindo em casa, ao sair do banheiro nu, fui até a cozinha colocar uma cápsula do meu favorito Caramelito na cafeteira, quando me deparei com Kátia e um senhor. Quase caí para trás, mesmo sem ter levado o soco de uma polegada.

Superconstrangido, corri de volta para suíte, ouvindo Kátia às gargalhadas.

Enquanto me vestia, pensei: Quem sabe essa situação ridícula, tenha, involuntariamente, ajudado a amainar o clima pesado que se estabeleceu pelo assédio sexual que pratiquei com Débora?

Também fiquei cismado querendo saber quem seria aquele senhor. Patrão, pai, amante?

Apesar do susto, saí do quarto, altivo e determinado. No salão, ambos pareciam figurar um quadro de *grafic novel* gótica, elegantemente sentados ao centro de um sofá cinza de oito lugares, pseudovintage. Ela, empunhando uma colorida taça de cristal Murano com espumante pela metade, e o vetusto aparando uma fumegante xícara de chá dourada no pires.

Fui em direção ao cavalheiro para cumprimentá-lo. Ele se levantou, apoiando-se na braçadeira do sofá, e muito educadamente disse:

– Boa noite. Lankszner, ao seu dispor.

Senti sua mão forte ao apertar a minha, em contraposição à sua fala mansa.

Ao me virar para Kátia, na intensão de dar lhe um beijo, ela desviou o rosto, e emendou nas apresentações:

– Lankszner, é um amigo de longa data, e você, um amigo recente.

Não me fiz de rogado com a recusa dela. O pior foi ela ter me apresentado como amigo. Mas dadas às circunstâncias... eu queria o quê?!

Outro incômodo foi supor que esse velho decrépito seria o tal amante dela. Seria?

Decepção ou preconceito?

Fazendo as honras da casa, ela ditou a programação da noite:

– Vamos só acabar de beber para sair. Tem uma boate privê aqui perto, muito legal.

O senhor a interrompeu:

– Kátia, por favor, sirva uma taça de espumante para o nosso convidado.

Aceitei o drink e bebi todo seu conteúdo quase de uma vez. Acho que eu estava nitidamente nervoso.

Kátia e seu amigo de longa data se puseram a conversar sobre uma viagem que ele fizera ao Japão. Ela praticamente me ignorando. Ele dirigindo olhares atenciosos mais para mim do que para ela, discorrendo com entusiasmo sobre as cerejeiras, segundo ele, abundantes no bairro de Nakameguro, em Tóquio.

Ela, no único momento a se referir a mim, perguntou se eu tinha visto essas cerejeiras, pois havíamos comentado sobre uma viagem que fiz ao Japão.

Eu poderia ter mentido, mas disse que não.

Irônica ela replicou:

– Pô! Foste ao Japão e não viste cerejeiras!

– Natural, Kátia. Não é tão fácil ver cerejeiras no Japão, pois elas só florescem no final de março, se estendendo até abril – relativizou ele, sobre o que dizia ser sua paixão.

Desagradável! Sou ridicularizado por ela e defendido por ele!

Fiquei a observar o amante das cerejeiras, pasmo por ser ele a nos acompanhar para *night*. Eu lhe dava uns 80 anos, fácil. Embora mantivesse uma postura bastante ereta, era o típico avô – rosto longo, prolongado com uma papada considerável abaixo do queixo. Calvo. Os cabelos que restavam eram totalmente brancos e ondulados. Tinha talvez 1,90 m, e era totalmente desproporcional, com uma barriga proeminente e pernas longas e finas.

Sem contar que estava vestido mais apropriadamente para ir à missa de domingo, do que para um embalo de sábado à noite, mesmo que suas roupas fossem perfeitamente cortadas – camisa social de seda pura na cor creme; abotoaduras de ouro nos punhos; colarinhos bem engomados; calça preta com vincos impecáveis e sapato social em couro marrom envernizado.

No outro extremo estava a bela Kátia, maquiada. Com seus longos cabelos castanhos nitidamente passados por um cabeleireiro. Ela estava em cima de uma bota de camurça com salto alto, dentro de uma calça jeans ultrajusta, ambos pretos, e blusa estampada hippie, manga longa.

Não era difícil observar que ela não havia saído com essa roupa ontem. Onde ela se trocara?

Seria mesmo esse Lankszner o namorado dela?

Que mau gosto se for..., pensei eu, despejando ciúme.

Lankszner pediu licença para ir ao banheiro, dizendo de forma autoirônica:

– Com licença, velho vive incontinente...

Foi ele sair de vista, que eu me dirigi a Kátia, com veemência:

– É com esse doente renal que você disse estar saindo?

Ela, sempre com um sorriso irritante no rosto respondeu:

– Não. Eu já fui louca por ele, mas isso foi há um tempo. Hoje, somos grandes amigos.

Prossegui:

– Louca por isso aí?!

Ela, parecendo estar se regozijando com minhas demonstrações de ciúmes, respondeu:

– Não entendi.

Repliquei querendo demonstrar desdém:

– Ele não está velho demais para ir a uma boate?

Kátia deu uma gargalhada e disse:

– O Lankszner?! Ele é o maior pegador de mulher que existe. Você vai ver. Ele vai sair de lá acompanhado, e garanto que de uma mulher muito bonita.

Demonstrei irritação:

– Como?! Ele é rico?

Ela sorriu de novo:

– Ele é mais rico de experiência. Ele sabe como conquistar uma mulher. Além do mais, tem pegada. Todas ficam loucas por ele!

Já com muita raiva, perguntei:

– Foi assim com você?

Ela passou o dedo indicador no meu rosto e falou com elevado tom de cinismo:

– O que você tem a ver com isso? Além do mais, ele não precisa comer ninguém a força!

Aquilo me deixou sem palavras, mas não aplacou meu ciúme. Um pouco mais séria, ela discorreu:

– Eu me apaixonei. Já ele não queria compromisso. Sempre teve um monte de mulheres. Agora, ele vai finalmente se casar. Já viu a noiva dele? Uma mulata escultural, 60 anos mais nova do que ele! Ele sempre disse que só casava se fosse com uma mulher bem mais nova.

Disparei:

– Além de tudo é machista! – Foi eu acabar de vociferar contra o Lankszner, para sentir o próprio bem atrás de mim. Tomei um susto. Ele havia aparecido do nada!

Fiquei desconcertado, pois é lógico que ele ouvira o que eu dissera. No entanto, ele foi o primeiro a mudar de assunto, elogiando minha camisa, reconhecendo ser um modelo Versace, que eu havia comprado numa superliquidação em Milão, anos atrás.

Era azucrinante o seu jeito diplomático e observador.

Ao descermos para portaria, o garagista estava com a porta prontamente aberta de um Range Rover Long Wheelbase, cinza metálico, tinindo de novo, do qual Kátia assumiu o volante.

No outro lado, Lankszner sinalizava para eu ir no banco do carona. Aceitei sem objetar.

Durante o trajeto, ele, sentado no banco de trás, retomou o assunto sobre a marca da minha camisa e aproveitou para fazer conjecturas interessantes sobre o mistério que ronda as causas do assassinato de Gianni Versace. O sujeito é culto e cativante... tenho que reconhecer.

Ao chegarmos à boate, percebi ser um lugar bastante exclusivo. Era um verdadeiro caixote de concreto cinza fosco, de uns dez metros de altura, com um pano de vidro espelhado, cobrindo toda sua área frontal, repleto de vegetação interna iluminada indiretamente.

Kátia e Lankszner tinham carteira de sócio. Eu não.

Paramos em frente a *hostess*, uma morena digna de ser capa da *Playboy*. A primeira vista admirei o smoking brilhoso e justíssimo no corpo dela.

Lankszner a cumprimentou demonstrando certa intimidade, e emendou dizendo, ao colocar a mão no meu ombro:

– Esse é o meu convidado especial.

Agradeci.

Mais de perto, observei que a *hostess* estava nua! O terno era uma pintura sobre seu corpo. Suas únicas vestimentas eram um tapa-sexo aderente e um sapato de salto Luiz XV.

Muito simpática com os clientes, ela agia com extrema naturalidade, já que estava escoltada por quatro brutamontes que pareciam ter saído do filme *Homens de Preto*.

Ninguém se atreveria a algo mais ousado. Mesmo assim, fiquei hipnotizado por aquela beleza exposta.

Nesse momento, Lankszner cochichou ao meu ouvido:

– Compreendo perfeitamente sua fascinação por esse irretocável exemplar feminino, não obstante, lamento decepcioná-lo, mas sua orientação sexual não a contemplaria. Ela é casada há anos com uma amiga minha. Mas, quem sabe? Todos somos de tudo um pouco... – Sorriu ele.

Reagi com um sorriso discreto.

Ao entrarmos na boate, uma massa sonora muito bem amplificada nos invadiu os ouvidos com *Best of My Love*, da banda Emotions.

Bom sinal. Adoro essa música, além de eu já ter ilustrado um artigo sobre Maurice White, o compositor da canção.

O espaço era discretamente elegante, com homens sofisticados e mulheres lindíssimas. Lankszner pegou uma bebida e ficou a observar placidamente o local, sem se envolver com o clima frenético das luzes e da dança.

Já Kátia se encontrou com Débora, acompanhada do suposto marido, um rapaz jovem com pinta de leão de chácara. Ela me cumprimentou e apresentou seu par com total naturalidade, sem demonstrar o mínimo constrangimento após o acontecido naquela manhã.

Animadas, as duas começaram a conversar me ignorando solenemente. Por precaução, eu sai de perto do tal marido de Débora.

Ainda assim, Kátia, ao ser abordada por um halterofilista negro, abraçou-o, demonstrando felicidade ao encontrá-lo ali:

– Deu tudo certo depois que você saiu! Obrigada mesmo! Vamos repetir a dose só nós dois? – disse ela, maliciosamente, para em seguida, beijá-lo... na boca.

Na pista, ao som de *Heartbreaker*, de Mariah Carey, ela se atracou ao sujeito, e iniciou uma dança bastante sensual, se curvando diante dele, simulando um sexo oral.

Ninguém pareceu se importar... Boate de rico...

Mas eu me importei.

Muito! Aquilo me desconcertou.

Minha reação inicial era vazar dali, no entanto, me deparei com uma mulher incrível. Linda, alta, loura, num minivestido que exibia fartamente suas belas pernas e um ousado decote que tentava cobrir 700 ml em seios. Tudo isso elevado por um salto 15.

Era um mulherão.

Na hora pensei que, a exceção de Débora, eu vinha tendo um sucesso infalível – a norueguesa, a camareira gostosa do hotel, a jornaleira e a própria Kátia. Por que então eu não conseguiria pegar aquela louraça?

Para melhorar, ela vinha em minha direção.

Dei o meu primeiro "oi", mas parecia que eu era invisível para ela, pois passou por mim com total indiferença.

Fiquei no vácuo e ainda tive o desprazer de perceber que o Lankszner havia observado tudo. Para piorar, ele me perguntou o que ela tinha me dito. Sem graça, respondi:

– Nada. Eu só pedi desculpas por ter esbarrado nela.

– Certamente! – respondeu ele com sua fastidiosa educação, mas sem acreditar numa só palavra minha.

Nisso, Débora apareceu abraçada com uma mulher de uns 30 anos de idade, ruiva, e igualmente gostosa.

Kátia, quando a viu, largou o cara na pista e a enlaçou efusivamente:

– Amiga! Você veio! É hoje o grande dia para Lankszner!

Kátia me puxou pelo braço e a apresentou:

– Essa aqui é a Yasmim.

Fui cumprimentá-la e fiquei mais uma vez no vácuo, pois ela nem me olhou e logo emendou numa pergunta para Kátia:

– Cadê Lankszner?

Ela, ironicamente, respondeu:

– Deve estar por aí, selecionando a presa... – Elas caíram na risada.

Que porra de "grande dia" será isso? Por que todas têm essa fascinação pelo Lankszner? Pensando nos porquês, estava eu ali, no meio daquele ambiente feérico, completamente deslocado, quando Kátia passou por mim com um copo na mão, desta vez, sozinha.

Por reflexo, toquei-lhe o braço, e disse, sem muita certeza:

– Eu já vou.

Ela, fixando o olhar na pista de dança, disse apenas:

– A noite tá só começando.

Lastimando por ela não ter insistido para eu ficar, me irritei:

– Esse cara que está com você é o que seu?!

Ela, ainda com o olhar difuso:

– É... sei lá!. – E me encarando: – Você sempre quer saber de tudo! Vai pegar uma mulher pra dançar! Não questiona. Divirta-se! A vida é curta! Muito curta! Aproveite enquanto pode...

Ela, sempre respondendo a questões com frases simples e evasivas, mas que, para mim, eram como mensagens cifradas, voltou à pista.

Saí vagando sozinho naquela multidão, que parecia "o mundo dos felizes", incluído Lankszner, que avistei conversando com aquela louraça que havia me dado um fora.

Eles pareciam estar se divertindo muito e, logo, estavam aos beijos. Minutos depois, desapareceram. Minha autoestima, que já estava em queda livre, atingia o subsolo.

Passados uns longos 30 minutos, vi Débora se despedir do marido. Ela, de mãos dadas com Yasmim, me perguntou:

– Temos que ir. Cadê Kátia? – Dei de ombros numa resposta negativa, mas achei ótima a ideia de ir embora. Antes, saí em busca de um banheiro.

Ao chegar ao sanitário, vi que estava lotado, não exatamente com todas as pessoas procurando fazer suas necessidades fisiológicas, mas sim, amontoadas diante de uma longa bancada de mármore para cheirar cocaína estendida em carreirinhas.

Boate de rico...

Ao sair do toalete, um funcionário, talvez percebendo minha inadequação ao ambiente, me informou que havia outro banheiro no segundo andar, "mais discreto", avisou ele.

Nunca fui hipócrita de propalar ser contra as "drogas" e encher a cara de cerveja. Até já havia fumado uns baseados, mas acho a cocaína muito perigosa. Melhor sair dali.

O segundo andar daquela discoteca parecia outro local. Poucas pessoas, ao suave som *lounge* tocando "Kamali" com o grande Herb Alpert.

Como eu conheço bem música pop – pensei num único autoelogio que me restava –, tive vontade de apresentar músicas e filmes para Kátia.

Enquanto eu poetizava uma suposta relação amorosa, antes de entrar no banheiro, ouvi uns gemidos de mulher vindos de uma porta entreaberta do que aparentava ser um pequeno depósito.

Por curiosidade, empurrei a porta bem devagar e... fiquei sem chão!

Lá estava Kátia, nua da cintura para baixo, de pernas abertas, apoiando-se numa prateleira, com o tal marombado sobre suas costas, a penetrando por atrás. Tornei-me um misto de emoções. Ciúme, raiva, mas também admiração pelo seu lado transgressor.

Os dois estavam tão concentrados no que faziam, que ofegantes, nem perceberam que eu estava ali. Fechei a porta com todo cuidado e entrei meio aéreo no banheiro.

Após urinar, fiquei um tempo com as mãos sob a água da torneira, não querendo acreditar no que eu havia testemunhado. Olhando para o espelho, perguntas voltavam a rondar o meu pensamento. Uma era recorrente: por que eu não ia embora?

Sem respostas.

Enquanto descia as escadas, a transição dos sons do *easy listening* "Catching The Sun" de Spiro Gira, para a *disco music* "Shake Your Groove Thing" da dupla Peaches & Herb ilustrava bem os dois estados de espírito pelos quais eu vinha transitando.

Juntei-me a Débora e Yasmim, que bebiam e riam.

Mundo dos felizes.

Pouco depois, Kátia apareceu, mas sozinha. Tranquila, se dirigiu a mim:

– Vamos!

A vontade de mandar ela tomar naquele lugar foi imediata, porém, não tive coragem. Se lixando para mim, ela saiu abraçada com Débora e Yasmim. Fui atrás delas, que nem um patinho.

Entramos no Range Rover. Débora assumiu a direção, e Yasmim ficou ao seu lado.

Fui atrás com Kátia, que pediu para ligar o som. Tocou "Evil Woman" do Electric Light Orchestra. Conveniente.

Ela, olhando a esmo pela janela, começou a me apalpar entre as pernas. Foi uma grata surpresa.

Demonstrando muita habilidade, desabotoou minha braguilha, retirando o meu ainda diminuto pênis e se pôs a acariciar o lado inferior com a palma da mão, enquanto o pressionava contra minha pelve. Sua mão era poderosa!

A coisa foi tomando volume à medida em que eu ia passando minha mão pelos seus seios, descendo até suas coxas, seguindo para colocar meus dedos por dentro da sua calça. Ela própria abriu o cinto, me facilitando a ação de masturbá-la.

Enquanto mordia os lábios, Kátia apertou meu pulso com tanta força, que eu acabei puxando a mão, ainda sensível por causa da queimadura com café. Homem é mesmo muito frouxo para dor.

Tentei colocar de novo minha mão dentro de sua calcinha, mas ela a afastou.

Perdeu, playboy...

Como prêmio de consolação, levei os meus dois dedos umedecidos até a boca. Ela continuou a ficar com um olhar distante e pediu a Débora que lhe passasse um cantil de bolso cor prata.

Após dar uma boa talagada, um cheiro forte de whisky tomou a parte traseira do carro. Não demorou e chegamos ao prédio.

As três pareciam estar ansiosas por algo a ser feito no apartamento, mas nada parecia claro.

Ao abrirmos a porta, começamos a ouvir os gemidos de prazer de uma mulher.

Fosse quem fosse, ululava com intensidade. As três se dissiparam pela cobertura, em polvorosa. Sozinho naquele salão, e sempre curioso, segui aqueles ruídos de prazer.

Ao subir no mezanino, ouvi nitidamente que vinham de um quarto fechado, com luzes acesas que vazavam pelas frechas da porta.

Sem mais sem menos, passaram por mim, como se eu não existisse, Kátia, Débora e Yasmim, ambas de *topless* e com o mesmo modelo de calcinha branca com coraçõezinhos desenhados, e o botton com a gotinha vermelha ao lado direito.

Elas abriram a porta sem cerimônia e entraram com rapidez. Num breve relance, consegui ver aquela mulher estonteante que havia me dado um fora na boate, de quatro na cama, com o Lankszner cravado sobre ela.

Nos segundos antes da porta se cerrar, também avistei uma calcinha de renda cor-de-rosa no chão.

Aquela louraça não pertencia àquele grupo – confraria, máfia ou fosse lá o que fosse. Mas, se não pertencia, como ela estava permitindo a entrada das outras três ali?

E que poder era esse que aquele cara tinha sobre as mulheres?

Como não me convidaram para aquele suposto bacanal, desci para o salão e fui até a varanda tomar um ar. Eu estava triste.

Toda aquela minha euforia parecia ter se esvaído. O jogo era pesado demais. Kátia não era mulher para mim. Não exatamente por questões morais, e sim por ela própria viver em outra dimensão.

Estava eu me lamentando, quando percebei uma mão acariciando minha nuca. Ao me virar, vi que era Kátia e, atrás dela, Débora e Yasmim. Todas nuas!

Lânguida, Kátia disse:

– Que tal comer três mulheres lindas numa surubinha?

Apesar de uma situação como esta ter povoado minhas fantasias sexuais desde a adolescência, fiquei meio sem saber o que fazer, principalmente por causa de Kátia.

Antes que eu externasse meu desejo, elas tomaram a iniciativa me puxando pelo braço, em direção à sala.

Naquele sofá de oito lugares, Yasmim já foi ficando de quatro. As outras duas abaixaram minha calça e começaram a me estimular manualmente.

Com a ereção tendo se estabelecido quase que instantaneamente, elas me colocaram uma camisinha e conduziram, meticulosamente, meu membro para penetrar Yasmim.

Eram, de fato, sacerdotisas do prazer.

Yasmim era uma ruiva tipo mignon, com pernas musculosas e seios pequenos, mas muito firmes. Como não era uma mulher alta, pude com facilidade, me curvar por cima de suas costas e apertar seus mamilos com meus dedos. O ritmo dos meus quadris e o ardor da penetração fizeram Yasmim uivar, empinando sua bunda e a roçando contra minha pélvis. Contudo, no auge, senti um dedo querer penetrar no meu ânus.

Tentei fazer um gesto corporal para me desviar da dedada, pois eu não queria parar de comer Yasmim. Todavia, o dedo começou a me penetrar com uma força progressiva e, junto com ele, uma mão forte segurou meu ombro.

– Para! – gritei, me afastando rapidamente para o lado, e, lamentavelmente, tirando meu pênis da estreitíssima e acolhedora vagina da Yasmim.

Foi quando vi Lankszner nu. Que péssima visão!

– Filho da puta! – disse eu, no impulso, ainda ofegante.

Ele, com um risinho de canto de boca, respondeu:

– Calma! Bem-vindo à minha despedida de solteiro.

– Vai se foder! – respondi.

– Lamentável essa sua reação irascível. Não fosse isso, seria perfeito para ocasião! Além do mais, suspeito que o senhor iria gostar... – debateu ele.

– Vai à merda! Eu vou embora daqui agora! – Interrompi furioso. A retração peniana foi imediata. Aquilo cortou todo o clima.

Notei as três impassíveis perante à cena. Submissas, creio.

Afobado, fui catando minha calça no chão, e me vestindo em seguida.

– Calma, cavalheiro. Não precisa ficar tão agitado. Todos têm essa mesma reação... a princípio...– argumentou Lankszner.

Sem dar uma palavra, mas com o rosto fechado, fui para a suíte onde havia dormido e recolhi todos meus pertences, colocando-os dentro da mochila, de qualquer jeito.

Ao chegar à sala, não tinha mais ninguém, porém, voltei a ouvir ganidos vindos do mezanino. Então, já com a mochila nas costas, prestes a deixar aquele hospício, ao passar pelo lavabo rumo à porta de saída, reparei que havia uma caixa de papelão entreaberta, no assoalho. Aquilo não estava ali quando chegamos.

Mais uma vez, o irresistível esmero em tentar desvendar que mundo era aquele me fez abaixar e levantar uma das abas da caixa de papelão. Foi quando vi que estava repleta de pistolas douradas, cuidadosamente dispostas. De tão novas, cheiravam a "carro novo". Paralisei.

Respirei fundo, abaixei a aba e, ao me virar, percebi que Yasmim, ainda nua e segurando uma garrafa de vinho, me observava com apreensão. Fiquei com medo.

Corri para porta e só ouvi ela dizer:

– Volta aqui!

Desci as escadas quase voando. Quando já estava dois andares abaixo, ouvi que alguém também descia correndo atrás de mim. Pelo som das passadas, não seria uma mulher e, muito provavelmente, também não era um idoso.

Seria o tal invisível encarregado da logística? Aquilo me encheu de pavor. Acelerei o passo. Quase caí.

Quando o som desses passos se tornou cada vez mais próximo, eu, por sorte, já havia chegado ao térreo.

O porteiro pareceu não se importar com a situação, e abriu a porta, automaticamente.

Esbaforido, alcancei a rua. Corri alguns prédios à frente, torcendo para que algum taxi passasse. Por sorte, não demorou. Fiz sinal e ele parou.

Entrei ainda ofegante, mas tive a cautela de pedir uma rua próxima ao meu prédio, pois temia que me seguissem.

Nos primeiros instantes fiquei a olhar para trás. Não vinha ninguém. Graças a Deus!, agradeceu o agnóstico.

Enquanto o carro acelerava por uma via-expressa quase deserta, molhada por uma chuva esparsa, fui da sensação do medo à excitação. Se eu achava que teria uma "noite misteriosa", aquilo superou em muito as expectativas.

As pistolas douradas, as calcinhas com coraçõezinhos desenhados e o botton com a gotinha vermelha sugeriam que todas eram da mesma quadrilha, provavelmente, chefiada por Lankszner.

Dado luxo em que viviam deveriam ser traficantes internacionais! Àquela altura, já deviam ter carregado uma daquelas pistolas, com o meu nome escrito na munição. Supostamente, minha relação com Kátia se fora, muito embora, eu continuasse fascinado por ela. Por quê?

Eu não fazia a menor ideia. Passei a minha vida querendo responder aos por quês.

Agora, num momento extremo, eu queria não me importar mais com as perguntas sem respostas. Não era sempre eu que dizia: se fosse morrer que morresse trepando? Então, por que não?

Capítulo 8

Cheguei em casa exausto e também profundamente excitado. Mesmo consciente de que Kátia vivia num mundo estranho e perigoso, eu continuava encantado por ela. Eu precisava relaxar. Tomei uma ducha sem cosméticos finos. Apenas água quente a jorrar pela minha cabeça.

Fiquei um bom tempo ali. Aquele simples banho representou, em termos de satisfação, uma verdadeira trepada para mim. Parecia que eu tinha levado 50 anos para ter consciência de como um banho é maravilhoso. Fui me deitar contra a vontade, mas, vencido pelo cansaço, acabei adormecendo.

Acordei aos sobressaltados e com falta de ar. Sonhei que Lankszner estava aqui em casa, me perseguindo. Que nojo! Não consegui mais dormir. O pior é que ainda eram 3h49 da manhã.

Peguei o celular na esperança de que Kátia tivesse me enviado alguma mensagem.

Nada. Óbvio!

Perdi o sono de vez.

Subitamente, uma angústia se apoderou de mim. Descarreguei num choro rápido, porém intenso. Não estava triste nem alegre. Aliviado seria o termo mais adequado.

Acabei levantando lá pelas 6h30. Finalmente, tomei o café da manhã frugal, recomendado pelo nutricionista – um copo de limonada sem açúcar, pão integral tostado com queijo cottage, uma maçã que havia sobrado na geladeira e café forte, na minha caneca nova-iorquina. Embora muito menos glamoroso que os dejejuns com os quais eu vinha me empanturrando, foi tranquilizador voltar à realidade. Falando nisso, eu tinha de retornar ao trabalho.

Apesar das vantagens do *home office*, após dias enfurnado naquele mundo de sexo e loucura, eu continuava atrasado nas minhas ilustrações para biografia de Chubby Checker.

Peguei a contracapa da versão original americana do seu vinil *For Twisters Only*, no qual eu estava me baseando para fazer uma de minhas gravuras. Retomei o desenho. Embora estivesse muito entusiasmado há duas semanas, agora me faltavam inspiração e concentração. A conta da Kátia no WhatsApp ou seu perfil no Facebook eram minhas pedras de crack, se viciado eu fosse.

Amor bandido...

Quem diria que o certinho aqui, um dia iria viver isso!

Ao final da tarde, eu estava fatigado, embora tivesse produzido muito pouco.

Aquela excitação inicial havia se dissipado, à medida que eu me apercebia da situação. Sentia um grande vazio em meu interior. Vagava pelo apartamento, angustiado.

Os móveis de *design* dinamarquês, os seculares e finos bibelôs, o quadro de Stuart Sutcliffe – nada mais me enchia os olhos.

Estaria eu sofrendo por amor? Eu nem lembrava quando fora a última vez que sentira isso.

Já era noite. Antes de me deitar, apelei para um calmante tarja preta que mantinha como S.O.S. para minhas insônias casuais. Havia sido prescrito por uma namoradinha médica que eu tive.

Ela gostava de mim. Disse ter sofrido com a separação. Eu não dei a mínima. Em que mundo eu vivia?

Enquanto eu divagava sobre um mundo onde os normais eram loucos, e agora os loucos passavam a ser normais, cai no sono.

Acordei quase oito horas depois, com a impressão de ter tido um sonho ruim, no entanto não me lembrava de nada. Foi uma manhã mais produtiva. Chubby Checker foi ganhando forma.

Ao entardecer, resolvi almoçar fora, pois não saia do apartamento há cerca de 48 horas. Creio que por medo, mas eu não queria assumir isso.

Pus uma roupa legal. Calça jeans, Mocassim marrom escuro, camisa que adquiri no *website* da Madonna – em solidariedade ao grupo de punk rock feminista russo Pussy Riot –, casaco de couro de carneiro que havia comprado numa viagem à Argentina, e meu inseparáveis óculos escuros Ray-Ban. Sim. Meu guarda roupa é uma verdadeira multinacional.

Me enchi de perfume e fui. Claro que eu havia me ajeitado para Kátia. Arrumado para morrer e ela, quem sabe, vestida para matar. Ri de mim mesmo.

Na rua, estava um agradabilíssimo dia de inverno ensolarado. Porém, a cada passo, me vinha um misto de medo e uma vontade louca de reencontrá-la.

Cheguei a um restaurante japonês, a quilo. Coloquei uns 400 gramas entre sushis e sashimis, que me forcei a comer. Fanático pela culinária japonesa, em outras ocasiões, eu devoraria aquilo tudo facilmente, mas estava sem apetite.

Na volta, caminhava atento.

Comecei a me assustar com qualquer um que cruzasse por mim. Acho que a ficha estava caindo, pois não necessariamente seria Kátia a tentar me matar. E se eu fosse sequestrado por aquele velhaco e barbaramente torturado ou até mesmo seviciado?!

Aquelas sensações estavam me dando enjoo. Entendi por que eu não havia almoçado direito.

Acelerei o passo e, há poucos metros do meu prédio, não acreditei no que vi a frente. Seria mesmo ela? Era sim. Aquela camareira deliciosa. Toda produzida. Ela estava com um vestido inteiriço azul-marinho, colado ao corpo, ressaltando tanto suas ancas quanto seus seios fartos, num decote generosíssimo. Ela vinha, justamente, em minha direção.

Seu caminhar se originava na pélvis e nos quadris, como uma onda de músculos da cintura aos pés. Ela caminhava com todo o corpo, como se quisesse ganhar força sintética para um acontecimento importante.

Parei na frente dela. Ela tomou um susto caricato.

– Lembra de mim? – perguntei.

Ela tirou os óculos, olhou por um segundo, riu e me abraçou.

Fui à loucura. Meu segundo órgão favorito idem.

Como estávamos, por uma muito feliz coincidência, quase em frente ao meu prédio, eu a convidei para um café. Estava cheio de má intensão, lógico.

Ela disse que tinha um compromisso. Insisti. Ela topou, porém foi categórica que não poderia demorar. Fingi ser cordato. Estranhei a qualidade de suas roupas, já que era oriunda da classe operária. Nunca esqueci essas nomenclaturas do meu tempo de militância no movimento universitário.

Conduzi a camareira pela portaria do prédio, suscitando uma série de olhares curiosos entre porteiros e vizinhos. Será que esse pessoal não tem o que fazer, além de fuçar a vida alheia?, roguei.

Esperando o elevador que nunca vinha, e continuando a ser o centro das atenções daquele hall, tentei agir com naturalidade. Perguntei-lhe o que fazia na cidade. Ela respondeu dizendo que o hotel pagava muito mal, e que era mais vantajoso trabalhar como diarista numa cidade grande.

No elevador, ela continuou a tagarelar sobre suas pretensões trabalhistas. Eu nem prestava mais atenção ao que ela dizia, hipnotizado pelos seus quase pontiagudos mamilos, que balançavam simetricamente atrás do decote, acompanhando o seu empolgado gesticular.

Ao entrarmos no meu apartamento, ela jogou sua bolsa no chão e me lascou um beijo na boca. Ótimo ela ter tomado a iniciativa. Agarrei-a tateando tudo o que podia.

Levantei seu vestido pelas barras de baixo e, em meio segundo, a despi, o retirando por sua cabeça. Se mostrando bem disposta, em moto continuo, ela tirou os sapatos sacudindo-os com os pés, e tirou a calcinha, atirando-a ao léu.

Graças aos céus, sua calcinha não era branca com coraçõezinhos desenhados e um botton com uma gotinha vermelha.

Demonstrando determinação e arrojo, ela pegou um preservativo na bolsa, rompendo a parte picotada na lateral da embalagem, facilitando a abertura.

Embora ela fosse um mulherão de uns 25 anos, e eu, um homem de meia idade e fora de forma, fui imbuído de uma força descomunal. Encostei-a na parede, e me servindo desse apoio, a suspendi pelas pernas, penetrando-lhe com vontade, no melhor estilo acrobático-pornô.

Meus impulsos de coito eram tamanhos, que ela gemia a cada solavanco meu, suspensa no ar, abraçada aos meus ombros.

Tendo voltado a ser irresistível, me senti o Super Homem. Coloquei-a sobre o meu ombro direito, com as mãos segurando as partes posteriores das suas coxas, e a levei açodadamente para meu quarto. Joguei-a na cama, num vigor cênico. Ela também se estatelou dramaticamente.

Segui beijando sua virilha, umbigo, seios, pescoço, até encontrar sua boca. Ao tomar posição, voltei a penetrá-la. Seguiu-se uma sucessão de posições: cachorrinho, frango assado, lótus, de ladinho, domando o garanhão, garanhão profundo, 69... finalmente discorri o Kama Sutra de cabo a rabo...literalmente.

Era insólito perceber, em contraste com a volúpia do ato, os seus gestos frívolos, às vezes sorridentes com indulgência ou alguém que se mostrava passiva, indolente e com um olhar solitário.

Ao final daquele luxurioso dia, embora meu prazo para entregar a ilustração de Chubby Checker se tornasse ainda mais exíguo, ela me fez uma proposta compensadora, se assim posso dizer: ficaria uns dias na minha casa e, em troca, cuidaria de todos os afazeres domésticos... nua.

—Já que estou sem roupa e calcinhas para trocar...—justificou-se, com malícia.

Atire a primeira pedra quem não viraria um porco chauvinista e um capitalista a se apropriar da mais-valia, na sua magnitude mais absoluta.

Sem querer entender os processos do materialismo histórico, eu estava no paraíso da classe, digamos, fornicadora. Embriagado por uma sensação de onipotência, passei a precisar cada vez mais de sexo. Talvez menos pelo desejo em si, e mais pela inebriante e afrodisíaca vivência do ato.

Meu trabalho fluiu magistralmente. Foi Chubby Checker, entrou Billy J. Kramer.

Eu só deixava minha prancheta para possuí-la diante da máquina de lavar, do tanque, do fogão, em cima da própria prancheta, sofá, bancada da pia, box...

Nossa entrega era total.

O único questionamento dela era se minha "namorada" iria chegar. Por mais que eu lhe respondesse que era solteiro, a pergunta se repetia.

Quando percebi, já haviam se passado três dias nessa Gomorra residencial e, embora tenham sido dias muito divertidos, eu não havia esquecido de Kátia. Mas ao sondar seu Facebook, só rottweilers.

Acordei ofuscado por um potente raio de sol que penetrava pelo quarto. Novamente, eu havia deixado a porra do *blackout* entreaberto. Pela intensidade, deduzi já ser próximo do meio-dia. Ao me virar para o lado para desviar da incômoda claridade, vi minha companheira de cócoras, na lateral da cama, mexendo em algo em sua bolsa.

Quando ela me viu desperto, pareceu se assustar, porém, subiu imediatamente na cama, se curvando sobre mim e me oferecendo trazer o café.

Ela trouxe a bandeja em menos de um minuto. Naquela manhã ela havia acordado antes e preparado tudo. Pena! Eu e meu crepes.

Seguia eu como um paxá, saboreando o *breakfast* de frente à televisão, enquanto ela massageava meus ombros, quando uma mensagem apitou no celular.

Peguei o aparelho na mesa de cabeceira ao meu lado, despretensiosamente, e vi que era Kátia. Suspirei.

Ela percebeu:

– É a sua namorada?

Neguei e, mal disfarçando, me levantei para abrir o aplicativo do WhatsApp, de forma mais privada.

A mensagem dela foi direta:

– Você está sozinho? – Engoli a seco.

Por impulso escrevi:

– Não.

Ela recebeu a mensagem e não respondeu nada. Pus o celular de volta na mesa de cabeceira. Fiquei chateado comigo mesmo. Poderia ter mentido.

Não sei por que Kátia sempre me extraía verdades. Pelo menos, se ela quisesse me matar não passaria um zap.

Tentei me desligar daquilo e aproveitar a massagem e o café, contudo, ao retornar ao meu leito, minha acompanhante chegava aos meus ouvidos com mais uma de suas propostas "indecentes", sugerindo me amarrar na cabeceira da cama, e fazer sexo oral.

Topei.

Ela retirou a bandeja da cama e, na volta, já foi puxando uma corda da bolsa. Estranho...

Fui amarrado pelos pulsos nas barras de ferro da cabeceira. Para uma brincadeira, o nó foi forte, no entanto, quando ela começou a me masturbar, esqueci o incomodo.

Enquanto a observava juntar seus seios com as duas mãos e os deslizar pelo meu pênis, numa preliminar deliciosa, tive a impressão de ouvir um leve barulho vindo da sala. Não me importei.

Mas ela se importou e, de repente, tudo mudou.

Instantaneamente, aquela mulher que me acariciava deu uma cambalhota pela cama, e, com agilidade ímpar, alcançou sua bolsa, de onde sacou uma pistola prateada que chegou a reluzir sob o sol da manhã ainda a entrar pelo quarto.

Ao se colocar de pé na frente da cama, se preparando para fazer a mira, foi bruscamente arremessada para trás, caindo de costas no colchão ao meu lado, já com os olhos abertos e paralisados.

No meio da sua testa, um furo por onde escorria um fino, porém denso rastro de sangue. O sol também brilhava na gota de sangue.

Sem perceber, eu havia me desvencilhado das cordas, e estava recostado e encolhido na cabeceira da cama. Ao me ver ainda com o membro ereto, depreendi o quanto aquela terrível cena fora rápida, embora parecesse ter durado uma eternidade.

Mal a retração peniana começara, olhei para a porta do quarto, e lá estava Kátia, ainda com sua pistola dourada e silenciador em punho.

Foi por isso que nem ouvi o estampido do disparo.

Tão logo supus que eu seria a próxima vítima, ela baixou a arma. Respirei aliviado.

Fria e sarcástica, ela disse:

– Uma vagabunda a menos... pena que acabei com seu boquete, né?

Comecei a me erguer, ainda meio zonzo, tendo que me encostar na parede em busca de equilíbrio

Olhei para aquela pobre mulher estendida na minha cama, e com ânsia de vomito, dei uma golfada. Foi-se todo o café da manhã.

Recuperando o fôlego, criei coragem e falei, num fio de voz:

– O que você fez?

Ela retrucou com fina ironia, olhando para aquele corpo sem vida:

– Te salvei baby. Essa cadela ia te matar, é uma assassina profissional. – Fixou o olhar em mim: – Como eu.

Capítulo 9

A ex-camareira, assassina de aluguel ou sei lá o que, continuava estirada na minha cama – nua, petrificada, com os olhos abertos para o nada –, enquanto eu, nauseado, tateava as paredes, em direção à sala, para onde Kátia tinha se dirigido.

Aquele ambiente mórbido contrastava com as cenas frenéticas do pornô que passava na televisão sem som. Tive vontade de desligá-la, mas, naquela confusão, não tinha a menor ideia de onde estava o controle.

Parecia que meus sentidos haviam ficado superaguçados. O barulho vindo da rua parecia ensurdecedor, e o azul intenso do céu, insuportável para meus olhos. Meu olfato se tornava hiperosmótico, detectando odores diferentes no ar.

Esse trajeto do quarto para sala foi penoso. Cheguei muito abatido diante de Kátia.

Em compensação, minha percepção sobre a beleza dela também estava mais apurada. Era como se eu percebesse, nitidamente, as belas nuances de seu corpo, mesmo sob o vestido.

Em meio a essas percepções, provavelmente consequência de um estado de choque, acabei esbarrando na bandeja de café que a falecida havia colocado no chão, em um de seus últimos atos em vida. Tomei um susto enorme, mas, de forma inédita, não liguei a mínima para a sujeira que se espalhava pelo chão.

Ao ouvir o barulho, Kátia disse da cozinha:

– Opa! Cuidado. Quando entrei aqui, quase caí pisando numa camisinha usada, que tava jogada na sala. Por pouco, EU estaria morta! Falando em camisinha usada, tem um monte aqui pela cozinha. O negócio tava bom, hein?

Antes que eu pudesse raciocinar sobre tudo, ela veio em minha direção com um gratificante copo d'água com açúcar. Percebi que minhas mãos estavam trêmulas, mas consegui tomar tudo num gole, estremecendo minha traqueia.

Como uma bondosa madre superiora, ela tirou o copo vazio da minha mão e me conduziu para a poltrona. Se posicionou atrás de mim e fez uma breve, porém muito eficiente massagem nos meus ombros, enquanto orientava:

– Respira...

Ela pegou uma cadeira da mesa de jantar, sentou na minha frente, segurou minhas mãos e, me fitando nos olhos, disse:

– Você está melhor?

Apenas olhei para ela. Não conseguia dizer nada. Ela passou a massagear minhas mãos. Finalmente, voltei a falar:

– O que foi aquilo?

Ela interrompeu a massagem, continuou segurando minhas mãos com firmeza e, num tom sério e sereno, tentou me explicar:

– Lembra quando nos conhecemos no ônibus? Pois é. Eu estava viajando em missão para eliminar uma traficante norueguesa, que estava chantageando um senador viciado.

Interrompi:

– Norueguesa?!

Ela emendou:

– Sim. Aquela mulher que você pegou no hotel era meu alvo. Eu tava estudando os movimentos dela, quanto me deparei com vocês naquele boquete na escada. Acho que ela havia percebido que alguém estava a sua espreita e te usou como proteção. Você não é tão irresistível assim...

– Mas você a matou? – perguntei.

Ela foi contundente:

– Lógico! E sumi com o corpo. Somos especialistas nisso. Como vou sumir com o cadáver dessa vaca que tá aí na sua cama, não se preocupe. Não tenho canil de rottweilers. Na verdade, faço parte de uma organização internacional de assassinos profissionais de elite, composta apenas por mulheres. Todas lindas! Mas, no caso da norueguesa, foi uma tarefa que fiz praticamente de graça. Missão mesmo é matar um industrial prestes a fazer uma delação ou um político ganancioso que não quer dividir a propina. Isso sim é missão! Adrenalina! Você estuda a vida do sujeito. Burla o forte esquema de segurança. Mata o cara, fatura uns 25 mil dólares, e ainda passa um tempo escondida numa suíte *all inclusive* no Belaggio, em Las Vegas. Missão assim, você só faz uma, ou no máximo duas vezes por ano. O problema é que matar acaba virando um vicio, e aí você não consegue eliminar somente uma pessoa a cada seis meses. Essa piranha que está estendida aí no seu quarto, eu matei de graça, só pra fazer... currículo.

Um caos se estabeleceu no meu pensamento. À medida que eu ficava aliviado, com a confiança que ela me passou sobre aquele corpo sumir da minha casa, também estava muito chocado por ela ser uma assassina profissional.

Embora confuso, continuei a fazer perguntas, até mesmo como uma forma de me manter focado.

– Por que você a matou?

Com toda tranquilidade, ela respondeu:

– Primeiro, porque ela ia me matar. Depois, porque é uma concorrente *freelancer*. Matadores de aluguel desse tipo não têm ética, muitas vezes, quando sabem que uma cabeça está a prêmio, vão atrás da vítima para suborná-la em troca de proteção. Odeio isso! Além do mais, são, na maioria das vezes, incompetentes. Não viu essa daí? Não conseguiu encontrar a norueguesa e ainda morreu seguindo a pista errada!

– Pista errada?!

– Como ela deve ter visto você pegando a norueguesa, deduziu, erroneamente que vocês eram cúmplices. Então veio te seguindo, achando que ela ia aparecer aqui. Como não apareceu, ela ia te matar. Sua sorte foi que, quando você deixou o hotel, tentou pegar a Rosa, a jornaleira, que também faz parte da organização. Como todo cara metido a pegador, você caiu como um patinho, e bastou ela te dar um mole e você voltou lá Muito bobo você, hein?!

Arregalei os olhos, enquanto ela continuava:

– Rosa aproveitou um momento seu de distração, pegou sua carteira, fotografou a identidade, e me enviou. Ficamos te monitorando, para saber se você pertencia a alguma organização ou, até mesmo, se era da polícia. Como vimos que não, íamos suspender a campanha, mas foi justamente nesse dia que essa piranha apareceu. Aí eu peguei o caso por conta própria e acabei te salvando a vida. Era para eu ter aparecido antes, mas tive uma missãozinha no meio. Até achei que você já tinha ido para o vinagre. Aí eu te liguei e vi que você ainda estava vivo. Bem vivo, por sinal!

Ingenuamente, perguntei:

– E como você entrou aqui?

Ela gargalhou e disse:

– Hellooo! Você está de brincadeira comigo, né?! Você acha que, para nós, existem fechaduras, segredo de cofres ou senhas de celulares?

Ainda chocado, perguntei no impulso:

– Como é o nome dessa organização?

Ela séria:

– Escorpiões escarlates.

Silêncio mútuo. Ela deu outra gargalhada:

– Você acha que eu vou te dizer?

Boquiaberto, segui fazendo perguntas tolas:

– Todas as mulheres da organização usam o mesmo modelo de calcinha?

Já mais relaxada, ela se levantou para checar seu celular, enquanto explicava:

– Isso é um fetiche dos chefões. Acho babaca, e até perigoso, pois induz a uma pista como você mesmo captou. Mas como os chefões são homens... Duvido que se fosse uma mulher no comando isso teria acontecido. Creio que agora devem reformular não só isso, como também essa coisa de pistolas douradas. Algo muito chamativo. Mas eles pagam muito bem para eu usar essa lingerie. Também não deixa de ser machismo, mas, para a cabeça estreita dos homens, é uma forma sexy de controle e identificação. Os simbolismos nas calcinhas são: o branco da paz, os coraçõezinhos expressando a compaixão e o botton de uma gotinha vermelha, que é a nossa profissão, mas que também possui um chip. Em todos os países, as mulheres da organização usam o mesmo modelo de calcinha com um código individualizado. Por isso, quando você pediu a minha, te dei sem pestanejar, pois era uma forma de te monitorar.

Ela, sem cerimônia, pegou uma garrafa de licor de calafate, já aberta no móvel buffet da sala, encheu uma taça usada que estava disposta ao lado da bebida, e me perguntou:

– Me responde uma coisa: pela filmagem que me enviaram, quando você a encontrou aqui em frente ao seu prédio, parecia que vocês já eram íntimos. Como vocês se conheceram?

Ainda pasmo respondi:

– Depois que você foi embora, ela bateu no meu quarto para fazer uma arrumação, num horário não usual...

Kátia, demonstrando empolgação, me interrompeu:

– Uau! Então a vadia se disfarçou de camareira e deve ter te dado mole. Você, se achando o irresistível, comeu ela, mas, na realidade, ela queria saber se a norueguesa estava no seu quarto! Burra!

Fiquei em calafrios ao ouvir isso, mas comecei a querer entender tudo com mais detalhes.

– E a jornaleira? O que ela faz ali?

Nesse momento, Kátia arqueou as sobrancelhas:

– Primeiro, para você entender, somos uma organização internacional muito bem ramificada. Temos um contingente de apoio em quase todo mundo. Ela está na banca como uma punição. Tem que ficar ali, naquela monotonia, dando retaguarda na principal saída daquela cidade. Sabe como é, muitos de nossos alvos têm casa de campo naquela região. Na verdade, ela é uma pessoa legal, coisa rara nesse meio, mas é muito passional, e isso a comprometeu, pois se envolveu com um cara que era espião, e acabou vazando informações. Mas já dei fim ao X-9. Então, quando te pedi para saltar do ônibus em frente à banca, eu já tinha dado orientações a ela para ficar de olho em você, e até tentar extrair mais informações sobre quem você era, já que eu não fiz isso... – Seguiu-se uma pausa. – Muito previsível você. – Riu. – Só não pensei que fosse ser tão fácil, já que você, mesmo se dizendo tão empolgado por mim, fosse querer transar com ela no dia seguinte. Homem não vale nada mesmo...

Menos chocado, comecei a me perturbar com aquela situação e vociferei:

– Mas e agora?! Com uma mulher morta na minha cama? Todo mundo a viu entrando aqui!

Ela, calmamente, voltou a me dizer:

– Eu já te disse que nosso diferencial de mercado é o sumiço rápido com o corpo.

– Mas e a polícia? Os caras vão vir aqui! – continuei a inquirir.

Ela começou a ficar irritada e levantou o tom de voz:

– A polícia! Ninguém vai dar a mínima pelo sumiço dessa putinha assassina! E vamos logo sair daqui. Pega suas coisas. Vou passar um zap para um casal amigo que está lá em baixo me esperando, e mandar subir.

Fiquei mais indignado ainda:

– Que é isso agora?! Eles vão ver os despojos na minha cama! E o que eles vêm fazer aqui? Suruba?!

Kátia ficou brava:

– Suruba?! Suruba é o caralho! Esse casal vem aqui resolver os problemas. São mestres em sumir com corpos.

Nisso, tocou o interfone, e Kátia ordenou:

– Atende e manda subir.

Fiz cara de chateado, mas dentro de minha perturbação mental, obedeci.

Ao colocar o interfone de volta no gancho, soquei a parede. Ela, muito enfezada, me puxou pelo braço com uma força que eu não supunha ser dela, e me encarou:

– Cara, eu salvei sua vida; eu ainda vou destruir as provas, e você fica aí putinho?! Eu podia te matar também, não? Em vez disso, te salvei a pele pela segunda vez!

– Segunda?! – indaguei admirado.

Ela já demonstrando estar sem paciência:

– Mas você é muito bobão mesmo, né? Quando o Sherlock Holmes metido a pegador foi mexer naquela caixa cheia de armas, o que você acha que o Lankszner quis fazer com você? Muito mais do que te meter o dedo! Eu que contemporizei as coisas. E olha que convencer um assassino profissional a não matar é tarefa difícil!

Suei frio e preferi ficar calado.

A campainha tocou. Ela atendeu.

Eu esperava um par de pessoas sinistras, mas o que me surgiu foi um casal jovem, com pinta de universitário. Ambos serenos, mas não menos circunspectos.

Ele parecia envergado de tão alto. Magro, tinha cabelos longos e presos num rabo de cavalo, barba rala, óculos de aros redondos, vestimentas tipo grunge e mochila nas costas. Ela, estatura baixa, acima do peso, muito pálida, cabelos curtos, cheia de piercings, tatuagens e roupas negras. Um tipo punk que segurava uma caixa de guitarra.

Kátia os apresentou:

– Esse é o verdadeiro casal 20. Top no que fazem! – E, se dirigindo a eles: – Para seu consumo, eu a matei às 12h52. Vou sair com ele, e não voltamos hoje. Fiquem à vontade para recolher aquele lixo que está em cima da cama.

Se eu achava bizarro o que havia presenciado no apartamento de Kátia, parecia agora que eu vivia um filme de terror.

Ela pegou a bolsa, me segurou pelo pulso, e disse:

– Estamos indo. Valeu mesmo, galera, fica na conta! Devo essa para vocês.

A menina olhou para Kátia e, pela primeira vez, falou algo:

– Você sabe que, se quiser, nós duas quitamos essa dívida.

Kátia sorriu:

– Sem chance, meu amor. Nada contra, mas tenho alergia de mulher. Bye, bye.

Ao sair, olhei para o meu quarto e observei o rapaz, já de luvas, levantando a perna da defunta com uma mão, enquanto com a outra, pegava algo na mochila.

Não quis ver o que era. Saí, dando adeus a minha vida normal.

Ao chegarmos à rua, tive a impressão de que todos me olhavam e sabiam que eu era cúmplice de um crime horrível.

Caminhamos por uns dez minutos e entramos num imponente BMW.

Kátia fez uma manobra com maestria e ganhou a rua com certa velocidade. Ligou o som às alturas, com músicas do Guns'n'Roses, e me disse, também em voz alta:

– Quando eu comecei a trabalhar, juntei dinheiro e comprei um puta som, só para ouvir musicas bem alto. Até hoje, quando estou nervosa, entro no carro, ligo no último volume e saio à toa.

– Imagino – disse eu, quase gritando.

– Imagina o quê?

– Sei lá. Imagino como deve ser complicado matar uma pessoa.

Ela deu sua típica gargalhada.

– Você acha que eu tô preocupada por ter matado aquela filha da puta? Quero que ela se foda. Eu tô nervosa por causa de você.

– Por quê?

– Porque, de certa forma, eu te botei nessa confusão. Eu devia ter matado aquela traficante e me mandado, mas fiquei com curiosidade sobre você.

– Por quê?

– Você só pergunta por quê! Ora, porque você ficou caidinho por mim.

Fiquei mudo.

– Você deve se achar um garanhão, né? Me fala quantas mulheres você já pegou? Não vem me dizer que não sabe!

Pela primeira vez, fui sincero e direto, não supervalorizando a quantidade:

– Cento e uma, incluindo essa que morreu.

– Já houve tempo que eu pegava isso por ano. Já chupei muita pica, meu amor! Conheço homem muitíssimo bem...

Não sei por que, mas comecei a relaxar.

Enquanto ela dirigia tranquila, pude observar seus traços finos, seu olhar, seus cabelos... Ela era linda! Peguei na sua mão, e ela segurou firme na minha, trazendo-a para cima de sua coxa direita.

Embora sua profissão me causasse espécie, eu a estava admirando.

Muito. Permaneci calado durante o trajeto, isso sem contar que eu não gosto do Guns´n´Roses. Me deixei levar. Afinal, se eu fosse morrer que morresse trepando.

Após rodarmos por mais de uma hora e enfrentado algumas retenções, chegamos ao destino. Ela acionou o controle remoto, e entramos numa garagem em outro prédio luxuoso, à beira mar. Saí do carro, assustado, e com dores na lombar. Pegamos o elevador ainda em silêncio.

Entramos num apartamento com uma esplendorosa sala com vista para o mar. Ela, com desenvoltura, foi à cozinha e voltou com uma garrafa suada de tão gelada, da caríssima cerveja Brewdog. Junto, duas taças de cristal.

Despejou um pouco de cerveja para temperar o copo e formar espuma, para depois então entornar o restante. Parecia uma autentica *barwoman*.

Ao trazer um prato repleto do legítimo salame milanês com limão espremido e pimenta do reino, Kátia sugeriu que sentássemos nas espreguiçadeiras, dispostas na varanda.

Ficamos ali a beber e comer, calados, contemplando a bela vista do apartamento, sentido a brisa fresca, quase fria, vinda do mar.

Fazia um tempo que eu não dava uma palavra. Tinha os ouvidos zunindo com "Sweet Child o' Mine", que tocara repetidas vezes no carro. Então, cheguei a sentir um leve destravar da minha mandíbula, e segui com meu repertório de perguntas ingênuas:

– De quem é esse apartamento?

– Da sua mãe! Ora, de quem você acha que é? Assassinato por encomenda é um grande negócio, baby. Faz parte do que chamam *sistema*, mecanismo ou sei lá o quê. Se fosse legalizado, sairíamos na *Forbes* como 'A Empresa do Ano'. Sempre tem alguém disposto a pagar caro para eliminar alguém. Isso é típico do ser humano, eu diria.

Achei graça daquilo, mas não demonstrei, voltando a emudecer.

– Certa vez, um político e pastor, cujo lema era "contra o aborto, à favor da vida e da família", engravidou a amante. O sujeito então fez de tudo para convencer a amante a abortar, mas ela também era contra o aborto, à favor da vida e da família. Resultado: *nós* fomos chamados. A tal amante sumiu. Tempos depois, vieram nos contratar para eliminar esse mesmo pastor pilantra, porque ele estava extorquindo uma empresa, além da conta, para ajudar a aprovar uma licitação. Como você pode perceber, nossa demanda é muito maior que a oferta, por isso gozamos de uma proteção velada por parte das autoridades, mas não podemos dar mole, já que fazemos o "trabalho sujo".

Pasmo, com os olhos ainda mais abertos e as sobrancelhas circundando-os, não resisti:

– Você não tem remorso por ter ceifado tantas vidas?

Ela, impassível em suas feições, respondeu:

– Eu aprendi uma coisa: Não olhe para trás! Não tem nada lá te esperando. Logo após um crime ser perpetrado, vida que segue. Caso contrário, caímos num arapuca. Somos os juízes mais severos dos nossos próprios atos. Julgamos nossos pensamentos, nossas intenções, nossos ódios secretos. A culpa é o único fardo que os seres humanos não conseguem suportar sozinhos. Só existe um alívio para se libertar de seus tormentos: a confissão. Por isso, muitos criminosos se encarregam da própria expiação. Eu nunca olhei para trás. Nunca quis expiar a culpa.

Um longo silêncio se estabeleceu. Por mais contraditório que fosse, dado o teor daquela conversa, parecia que nossos apetites se aguçaram.

Após seguirmos degustando a segunda leva de cerveja e salame, Kátia, olhando para o mar, disse, mudando radicalmente o tom de sua voz:

– Eu não matei a tal camareira para fazer currículo, como te falei...

Fiquei admirado, mas sem coragem de perguntar alguma coisa, talvez por receio de suas respostas arrebatadoras.

Após outro intervalo, ela, ainda sem me encarar, e dando goles na taça de cerveja, prosseguiu:

– Matei por você. Nunca matei por causa de alguém. Mal te conheço. Mas ninguém nunca me olhou do jeito que você olha. Por isso, estou com medo. Acho que, para mim, finalmente pode ter chegado a hora para as razões do coração. Sei que isso não é prudente. O que será de nossas vidas eu não sei te dizer... Só sei que quero ter você comigo.

Aquelas palavras fizeram-me flutuar dentro do pensamento. Não havia mais nada que eu pudesse fazer, a não ser segurar sua mão e me levantar, trazendo-a comigo.

Nos beijamos.

Nada mais me importava naquele momento. Começamos a nos agarrar. Ela tomou a iniciativa de desabotoar meu cinto. Mas subitamente parou. Fazendo cara de nojo, ela disse:

– Pelo amor de Deus! Vai tomar um banho! Eu odeio cheiro de buceta!

Sorri, pela primeira, vez em algumas horas. Aquilo me proporcionou um alívio incrível.

– Se lava bem, hein?! – exclamou ela, enquanto eu entrava no box.

Ao sair do banheiro, nu, me deparei com Kátia, igualmente nua, cabelos soltos com as densas madeixas cobrindo as clavículas, os seios, desbravadas apenas pelos lindos mamilos endurecidos.

As tetas de Newton! Voltamos a nos abraçar e beijar.

Com a mão no meu membro ereto, ela me conduziu a um quarto que parecia um cenário cinematográfico: uma cama *kingsize* elevada por um batente de mogno sobre o piso em porcelanato branco, que brilhava de tão limpo, iluminado pelo pôr do sol de final de tarde.

À medida que avançávamos em nossas carícias, a tarde caia e o ambiente ia ficando preto e branco, como se estivéssemos sendo transportados do Cinemascope para o *Noir*.

Em meio àquela letargia amorosa, sem mais nem menos, ela pulou no meu colo, e eu a recebi como se esperasse por aquilo.

Estaríamos lendo a mente um do outro? Aos beijos, deitei-a delicadamente naquela cama. Agachado ao seu lado, pus a lamber seus pés, panturrilhas, joelhos, coxas, virilha, abdômen, seios, deslizando de volta à região pélvica.

Ela começou a ficar descoordenada, recolhendo meus cabelos para cima, com força, enquanto elevava os quadris de encontro a minha boca. Lutei com o corpo dela, fazendo-a ficar deitada reta na cama, me virando para um mútuo sexo oral.

Nossos gemidos oscilantes e o burburinho contínuo de línguas em justaposição, aliados ao barulho das ondas que quebravam na praia em frente, e a ventania que uivava pela janela, compunham uma sinfonia digna dos primeiros discos experimentais de John Lennon e Yoko Ono.

Senti sua fome e até seus sonhos, enquanto ela deveria estar sentindo meu coração bater febrilmente. Consumidos pelo amor?

Por um instante, em virtude da voz carinhosa e da entrega que ela demonstrava, eu estava prestes a dizer *eu te amo* quando prendi a respiração. Era exatamente isso o que eu estava fazendo: prendendo a respiração de modo que a verdade não fosse revelada.

Antes que eu me percebesse a falta de camisinhas, ela, com muita delicadeza, me colocou uma. Garota esperta.

Posicionei-me entre suas pernas, trazendo-as abertas num ângulo de 180°, até ficarem rentes às minha orelhas. Iniciamos um quase desesperado movimento de cópula, nos beijando loucamente. Só conseguíamos respirar contra nossos próprios lábios.

Já entregues, arriei minha cabeça em seu ombro, enquanto ela repousava os braços sobre minhas costas. Gememos sem controle e desfalecemos um em cima do outro.

Ofegantes, ficamos lado a lado, para recuperar o fôlego. Nos demos as mãos.

Era como se só existíssemos nós dois no mundo. Nada mais importava naquele momento.

Capítulo 10

O dia raiava e eu ainda estava atracado a ela. Por mais instável que a situação fosse, aquele agaturrar estava significando segurança para mim. Quiçá para ela também...

Deitada, Kátia parecia dormir feliz, respirando profundamente. Ao despertar, me olhou com um sorriso tímido.

Abri-lhe os braços e, quando ela pousou a cabeça em meu ombro, vi seu rosto vazio de qualquer sentimento de raiva ou amargura. Seus múltiplos trejeitos jocosos, talvez sem compostura, dissolviam minhas ansiedades, fazendo-me sentir preparado para enfrentar o sexo de novo, numa autoconfiança que fazia emergir minha verdadeira beleza, desgastada por tantos gozos sem amor, no passado.

Via sua face excitada de olhos claros, sorridente e linda. Eu procurava cada curva e recanto do seu corpo esbelto.

Consegui liberar meu braço, que ficara preso sob suas costas, e deslizei a mão por seu torso até os seios. Ela, tacitamente, me passou um preservativo e dobrou as pernas, erguendo-as, a fim de me enganchar pela cintura e guiar meus movimentos. Dobrei seus joelhos até o peito, e suas pernas ficaram sobre meus ombros.

Senti minha rígida penetração mais profunda. Com seus pinotes provocadores, ela subia e descia, ao mesmo tempo em que girava sua pélvis. Clímax total. Corpos saciados... por hora...

Houve um longo silêncio após nossos atos frenéticos. Levantamos da cama só quando estávamos famintos... por comida.

Como nossa ida para aquele apartamento não tinha sido planejada, segundo ela, a logística da organização ainda não o havia abastecido. Então, poucos mantimentos restavam lá.

Para o nosso café da manhã, pusemos no forno os dois últimos pães de forma que estavam numa embalagem amassada no fundo da geladeira, polvilhando-os com restos de queijo parmesão ralado, acompanhado por uma limonada feita com um único limão que reinava solitário na fruteira, e chá preto.

Acho que levamos horas para consumir aquele singelo desjejum, entre muita conversa, risos, beijos e trepadas... Não sei de onde tirei forças para tanto.

Incrível como nos adaptamos às situações, dependendo das circunstâncias. Então, lá estava eu, comendo, bebendo e transando às custas de uma máfia internacional, sem grandes conflitos. Por sinal, nem me lembrava que havia presenciado um assassinato. Inclusive, eu estava apaixonado pela própria assassina.

Voltamos para cama.

Mesmo assados de tanto sexo, colocamos um pornô na TV e tentamos imitar aquelas posições mirabolantes, mas terminamos caindo na gargalhada, sem conseguir. Éramos muito melhores que aquilo.

Já era final da tarde. Havíamos perdido a noção da hora. Com um saco de pipoca de micro-ondas e canecas fumegando de chá preto, nos enfiamos debaixo do edredom, e cada um escolheu um filme num *streaming* da televisão para apresentar ao outro. Ela me mostrou *Ran*, de Akira Kurosawa. Fiquei deslumbrado pelo seu gosto refinado, entretanto, não era bem o tipo de filme que eu apreciava. Com a bravura de um samurai, travei uma árdua batalha comigo mesmo para não desabar num sono profundo durante os 162 minutos daquele longa-metragem. Coisas da paixão.

Procurei a comédia alemã *A Armadilha de Vênus*, mas não encontrei. Como plano B, lhe mostrei *Crimes e Pecados*, de Woody Allen, mas me toquei, quando já havia começado, que não seria conveniente, dada sua profissão. Mesmo assim, ela assistiu sem esboçar nenhuma reação negativa, apesar da minha total falta de noção. Coisas da paixão?

Tomando fôlego ou dando uma pausa da nossa simbiose sexual, coloquei num noticiário e fui surpreendido pelo falecimento repentino do ator Adam West, que havia protagonizado a clássica série *Batman*, nos anos 60. Fiquei triste, pois sempre fui muito fã dele. Emocionado, discorri quase que uma tese de doutorado sobre a vida e a carreira de Adam West, que ela mal conhecia, pois era de uma geração mais nova que a minha, no entanto, ouviu tudo com muita atenção e interesse. Coisas da paixão!

Anoiteceu e, antes que tudo fechasse, pedimos um enorme combinado de um restaurante japonês, segundo ela "ultra exclusivo".

Diametralmente oposto às sobras que consumimos naquele dia, o que nos foi entregue parecia uma obra de arte da culinária japonesa: ovas de salmão, camarões com pepino e abacate, caranguejo com vegetais, enguias grelhadas regadas por mostarda granulada, sushis de congro cobertos com açafrão, manteiga de baunilha, caviar e trufas brancas.

Para beber, uma garrafa do saquê Dewazakura Oka Ginjo, que, segundo ela, era feito de um *blend* de dois tipos diferentes de arroz, que, por conseguinte, harmoniza com qualquer prato.

Obviamente não foi a refeição mais barata do mundo.

Ela fez questão de pagar, embora eu tenha insistido com o meu cartão de crédito em punho, mas fui convencido, quando ela disse que era regra da organização, sempre saldar tudo em espécie.

Comemos e trepamos. Trepamos e comemos. Ela gozou. Eu tinha mais de cinquenta anos de idade...

Cochilamos agarradinhos. Acordamos de madrugada com um celular tocando. Só poderia ser o dela, pois o meu, extraordinariamente, estava desligado desde que eu saíra de casa. Havia ligado o foda-se.

Como ela estava de bruços, aproveitei para beijar e acariciar suas deliciosas pernas e nádegas, enquanto ela falava ao telefone.

Embora monossilábica em sua conversa, seu tom era nada

tranquilo. Desligou. Foi deslizando gradualmente para fora da cama, e se vestiu.

Estava trêmula, e as roupas resvalavam desajeitadamente por entre seus dedos. Um clima ruim tomou conta do ambiente.

Há um segundo tudo estava em paz...

Fiquei tenso.

Era estranho ver aquela mulher, antes tão autoconfiante, nitidamente preocupada.

Como ela não falava nada, acabei perguntando o que tinha acontecido, mas não obtive resposta.

Após passar uma leve escova nos cabelos, ela se debruçou e deu-me um beijo. Ao fazê-lo, seus seios saíram pelo decote do vestido e roçaram no meu rosto. Pus minhas mãos em sua nuca para trazê-la de volta à cama, mas ela estendeu o braço para me segurar o punho, e, sem dizer uma palavra, se retirou do quarto.

Estupefato, levantei e fui atrás dela:

– Que é isso! Para onde você vai?

Enquanto ela abria a porta do elevador, finalmente falou:

– É uma emergência! Tenho que ir. Eu volto. Vou providenciar tudo para você ficar bem.

Por impulso, segurei-a pelo braço, trazendo-a até meu peito.

Ela me beijou ardentemente.

Entrou no elevador, e antes de bater a porta disse:

– Me espera. Não sai daqui em hipótese nenhuma.

A vontade era de escoltá-la até a rua, mas voltei para cama.

Tentei me entreter com alguma coisa na televisão, fossem as notícias sobre corrupção no governo, pornôs, ou a comédia *Besame Mucho*, mas, quando caí no documentário que sempre quis ver *Starring Adam West*, e esse não me prendeu a atenção, vi que a minha ansiedade estava no topo.

Eu só tinha pensamentos para Kátia, e eles eram inquietantes. Será que ela foi matar alguém? E se ela morrer?!

Pairava sobre mim uma dúvida intermitente de como eu estava louco por uma mulher, uma que, além de eu mal conhecê-la, era uma bandida. Logo eu, que sempre fui todo certinho, e refratário a paixões. Mas era algo mais forte do que eu.

O dia foi difícil. A ansiedade dissipava a força do corpo. Não conseguia ficar sentado quieto. Falava sozinho profusa e continuamente.

À medida que as horas se passavam, e eu não tinha nenhum sinal dela, eu me desesperava. Comecei a sentir uma pressão de dentro para fora do peito. Um nó na altura do diafragma – feito uma pedra bem ali. Consciência de cada respiração.

Tentava refletir que filamento labiríntico havia conduzido minha vida até aquele momento. A noite chegou pavorosamente.

Na cama, me sentia perdido nos infinitos desérticos da insônia. Acordei tarde, após um péssimo sono. A tal logística já havia disponibilizado caixas e mais caixas de mantimentos de primeira.

Desta vez, havia empregados lá, e para quem eu parecia ser invisível, aquilo começou a me perturbar. Eu estava ali, usufruindo de uma base criminosa!

Teria eu também virado um criminoso?

Sim!

Ao crepúsculo, até então, nenhum sinal de vida de Kátia.

Embora ela tivesse me aconselhado a não sair dali, eu não suportava mais aquela situação. Decidi voltar para meu apartamento. Peguei minhas coisas e saquei um canivete suíço que portava na mochila, na hipótese de algum empregado tentar me barrar.

Passei por um deles em direção à porta de saída, como *O Homem Invisível*. Alívio.

Nem esperei o elevador e desci pelas escadas.Não ouvi passos a me perseguir. Guardei o canivete.

Ri de mim mesmo, pela ridícula situação de achar que um pequeno canivete doméstico pudesse deter aqueles profissionais de alto calibre.

Ao chegar ao meu prédio, o vigia me recebeu secamente. Paranoico, aquilo me soou suspeito, embora essa postura lhe fosse corriqueira.

Ele soube do assassinato e vai chamar a polícia... Ele soube do assassinato e vai chamar a polícia...

A tensão só aumentou, pois, ao ficar diante a porta do meu apartamento, vi um estreito raio de luz debaixo da porta. Seria aquele casal psicopata? A polícia?

Abri a porta com receio e quase cai para trás. Avistei uma das mulheres mais fantásticas que eu já visto na minha vida – loura, com cerca de 1,80 m., uns vinte aninhos, pernas torneadas, cintura fina, quadris generosos, seios maravilhosos, rosto de boneca e, para arrasar, vestindo apenas uma encurtada camisola transparente, deixando praticamente de fora a calcinha... branca, com coraçõezinhos desenhados e um botton de uma gota de sangue do lado direito.

Outra Barbie assassina.

Ela, curiosamente, não se assuntou, e me perguntou com tranquilidade:

– Oi! O senhor tá procurando alguém?

– Esse apartamento é meu! – respondi com ar de autoridade. – O que você está fazendo aqui?

Sem pestanejar, ela replicou:

– Me mandaram vir para cá, por enquanto.

– Você sabe da Kátia? – Ela apenas respondeu negativamente com a cabeça.

Comecei a ficar chateado com tudo aquilo. Esse suposto amor estava me saindo muito caro. Eu estava perdendo tudo e, quem sabe, já poderia até ter perdido Kátia, àquela altura.

A louraça se retirou em silêncio, tentando encobrir que segurava um punhal militar de dois gumes.

Não me era mais tão surpreendente ver as pessoas armadas, não fosse ela se dirigir ao meu quarto sem cerimônia.

Por estar com os pés descalços, demonstrou estar bem à vontade e íntima ao ambiente.

Minha casa, ou ex-casa, havia entrado na logística da organização das calcinhas brancas com coraçõezinhos desenhados e um botton de uma gota de sangue?

Vasculhei o apartamento, e tudo estava limpo e em ordem. Minha caneca favorita continuava onde eu havia deixado. Nenhum mínimo vestígio da falecida.

Todavia, me assustou ver a geladeira cheia de iguarias importadas. *Eles são profissionais de gabarito*, pensei. Por conseguinte, devem ser extremamente perigosos.

Fiz um lanche e fui tomar um banho. Fiquei um tempão debaixo do chuveiro quente. Chorei num misto de saudade, raiva, arrependimento e medo.

Ao entrar no quarto, a Barbie estava de bruços, descoberta, numa deslumbrante paisagem pornô-topográfica. Eu poderia ir dormir na sala ou no escritório, mas seria desaforo, pois ali, segundo uma escritura cartorial, era minha propriedade.

Acendi a luz e fiz um barulho proposital para pegar um lençol no armário.

Eu estava imbuído de uma coragem não usual, sabendo que ela portava uma poderosa arma branca, mas, mesmo assim, me deitei ao seu lado.

Ela estava semidesnuda como uma estátua, no entanto, por incrível que pareça, nem me passou pela cabeça tocá-la.

Mesmo assim, acordei no meio da madrugada com minha mão sobre sua bunda já subindo pelas suas costas. Tomei um susto. Eu havia sonhado que estava com Kátia.

Ela sem esboçar reação, apenas me olhava friamente. Numa mistura de medo e constrangimento me virei de lado.

Acabei adormecendo quando já amanhecia e, no melhor do

sono, a Barbie, só de lingerie, me acordou, me passando um celular. Era Kátia!

Muito enfezada ela foi disparando:

– Cara o que você tá fazendo aí, eu não falei para você me esperar, caralho!

Fui do susto para felicidade, mas consegui formular uma pergunta:

– Onde você está? Você sumiu!

Seguindo irritada:

– Saí daí agora daí! Um carro esta aí em baixo pra te levar num endereço. Depois conversamos melhor! – E desligou na minha cara.

A Barbie, com cara de dissimulada, simplesmente pegou o celular da minha mão, e seguiu em direção da cozinha. Pulei da cama.

Cheguei à sala e uma mesa com um lauto café da manhã estava posta, com a Barbie, seminua, sentada. Parecia uma escultura, mas que naquele momento não dizia muito para mim. Eu, de fato, estava outra pessoa.

Ainda tentando parecer estar na minha casa, busquei no armário da cozinha a caneca nova-iorquina. Despejei café, segurei um bolinho dinamarquês *spaundauer* com recheio de maça, o pus entre os dentes e me mandei.

Antes de bater, a porta do apartamento, ainda dei uma olhada no meu quadro de Stuart Sutcliffe. Talvez eu não o visse mais.

Num carro de luxo, do qual nem observei a marca, uma linda motorista me conduziu tranquilamente para o desconhecido, num silêncio sepulcral.

A princípio, estava eu feliz pela possibilidade de reencontrar Kátia, porém, quanto mais o local de destino se aproximava, mais eu ia sendo tomado por um temor agudo, afinal, eu estava nas malhas de uma organização criminosa.

Cheguei. Saí do carro com as pernas trêmulas. A motorista

tocou a campainha da porta de um muro alto. Sem demora, dois rapazes atenderam, e ela retornou ao carro, muda como viera por todo o trajeto.

Os dois me receberam com muita gentileza. Parecia que sabiam que eu ia chegar. Aparentavam ser gays e, além de gêmeos univitelinos, eram altos e magros. Se vestiam de forma idêntica e estilosa – paletó listrado cinza-claro, calça azul-marinho justa e pescando siri, sapato tipo *monk* de verniz marrom, sem meias, camisa branca com abotoaduras de ouro, gravata vermelha e um lenço combinando, no bolso do paletó. Ambos ostentavam vastos topetes engomados e barbas ao estilo *hipster*. Um era ruivo, outro moreno: a única diferença entre eles.

Assim que eu entrei, um deles se ofereceu para pegar a caneca nova iorquina, que ainda estava na minha mão, e eu nem havia percebido.

Entreguei-a para sempre e segui acompanhado por eles, pelo jardim de entrada, observado por uma trinca de rottweilers que pareciam estar prontos para ação.

A casa era tipo essas que apareciam no *BBB*.

Paramos diante de uma mesa de madeira rústica, onde havia um balde de gelo prateado com uma garrafa de Veuve Clicquot, cercado de taças de cristal. Um deles me perguntou:

– Posso lhe servir?

Aceitei de pronto. Relaxei.

Acho também que não queria ficar muito sóbrio para saber o que me esperava dentro daquela bela casa.

Diante da porta, os rapazes fizeram um gesto sugerindo minha entrada:

– Fique à vontade, senhor. Tenha um bom dia – disse um deles. Se retiraram.

Ao vê-los sair do meu raio de visão, esperei por tudo. Desde Kátia vir correndo em direção aos meus braços até ser alvejado no meio da testa. Abri a porta com muita apreensão. Foi quando, mais uma vez, tive uma visão surreal: cinco belas mulheres.

Todas apenas com calcinhas brancas com coraçõezinhos desenhados e um botton de uma gota de sangue do lado direito. Todas com sorrisos equânimes para mim.

Capítulo 11

Estavam ali na minha frente uma loura, uma morena, uma ruiva, uma negra e uma oriental. Tinha mulher para todo tipo de fantasia sexual.

Antes que eu, supostamente, tomasse gosto pela situação, a voluptuosa mulata veio até mim, e me entregou um celular, sem nada dizer.

Foi reconfortante ouvir a voz de Kátia do outro lado do aparelho:

– Oi, baby! Você vai ter que ficar aí até eu voltar. Depois te explico, mas estou tentando resolver uma situação. Sei que aí, nem que você queira, você poderá sair. Pelo amor de Deus, nem pensa em mexer com estas mulheres! Todas são viciadas em matar e estão loucas por uma oportunidade, remunerada ou não. Desculpe te deixar aí com esse bando de gostosas e sem poder comer nenhuma (risos). Nem se atreva! Sou ciumenta viu?! Não demoro. Fica bem!

Desligou. Eu já estava ficando irado com esse hábito dela de bater o telefone na minha cara.

Postada ao meu lado, quase em posição de sentido, a mulata, muito educadamente, se ofereceu para segurar o celular e estendeu o braço apontando para uma suntuosa mesa de doze lugares, que estava posta apenas para uma pessoa.

Ao me acomodar com o auxílio de um empregado trajando paletó e gravata escuros, ele puxou a tampa que cobria o prato, e logo me deparei com um bife de carne de sol sem gordura, temperado com manteiga de garrafa, paçoca, risoto de feijão verde com queijo coalho e refresco de cajuína.

Enquanto degustava aquele prato que praticamente se derretia na boca, o funcionário me informou que a refeição fora "sugerida pela senhorita Kátia, especialmente para o senhor".

Havíamos de fato conversado sobre meus pais serem nordestinos. Esses quitutes eram uma forma de acolhida, já que Kátia pensara nos mínimos detalhes, recomendando até, como sobremesa, um mousse de bacuri. Finalizado com café, vieram biscoitinhos de manteiga e licor de jenipapo.

Apesar do carinho, não consegui me sentir no aprazível litoral cearense, já que o ambiente era refrigerado a 25 graus e mantinha todas as janelas da casa lacradas e indevassáveis. Eu estava literalmente em cárcere privado.

Passei a maior parte do tempo vagando sozinho por aquela mansão. Sem conexão nenhuma com o exterior, mas com todo tipo de comida, revistas e filmes a minha disposição. Cheguei a achar o *The Christian Licorice Store*, um longa metragem de James Frawley, que eu procurava há décadas. Nunca imaginei que um dia iria achá-lo naquela conjuntura. No entanto, era difícil me concentrar e esquecer a grotesca situação que eu havia me envolvido.

Seguiram-se cafés da manhã exóticos, como amoras e framboesas frescas acompanhados por pão de centeio e *Lifrarpylsa* – um tipo de salsicha feita com fígado de carneiro, preferida de Kátia, da qual nem gostei, por assim dizer.

Os suculentos almoços que se seguiram foram linguado a *bellemunier*, filé mignon com pimentas vermelhas e legumes no vapor, harmonizados por vinhos Chardonnay ou Pinot Noir, respectivamente, mais uma variedade de sobremesas francesas de *tartetatin* a *crème brulle*.

Todas aquelas belas Barbies assassinas ficavam numa área privada no segundo andar. Elas só desciam para o café matinal e para almoçar, e sempre depois de mim.

Apesar de ser uma casa repleta de mulheres, todas falavam em tom baixo, como se a morte estivesse por ali, o que tornava aquele ambiente extraordinariamente opressivo e não erótico.

Eu, embora cercado por meninas lindas e praticamente nuas, estava me sentindo frágil e quebrável, como uma criança em um enorme mundo de gigantes ameaçadores.

As ceias eram reservadas para sopas. O ritual era sempre o mesmo. Os empregados dispunham pratos, copos e talheres à francesa, e uma dessas potrancas só de calcinha me conduziam à mesa.

Como em toda regra, porém, por mais rígida que seja, existe exceção, aquela bela mulata que havia me recebido quando cheguei, ao me servir uma sopa de aipim com camarão, se arqueou próximo ao meu ouvido e disse:

– Estou com um sério problema...

Fiquei tão admirado da minha algoz estar se expondo, que tive até receio de falar alguma coisa, mas lhe dirigi atenção através do olhar. Foi o suficiente para ela, em voz baixa, explanar suas dificuldades:

– Estou toda enrolada! Aqui é proibido nos relacionarmos entre nós, mas estou namorando a Márcia. Além disso, para piorar, quando a gente brigou, eu acabei saindo com a Dama da Mauser, e ela agora está se dizendo apaixonada por mim. Nesse meio tempo, a Dama viajou para uma longa missão, e eu reatei com a Márcia. Só que a Dama retornou e está vindo para cá agora, e eu não sei como falar isso pra ela!

Creio que ela tenha me feito essa confidencia justamente por saber que não pertencia àquele clã.

– Desculpe, mas eu não sei quem são estas pessoas – respondi.

Atenta para ver se alguém estava nos observando, ela me explicou fortuitamente:

– A Márcia foi aquela que te serviu ontem. Quanto à Dama,

ela é uma veterana, que há mais de quarenta anos só usa uma Mauser HSc 7.65mm – disse, com admiração. – Ela é top! Linda, culta, fria, segura, econômica e cirúrgica. Ela começou tudo para nós. Aquele tiro preciso, bem no meio da testa, é demais! Sem muito sangue, apenas aquele filete que logo se estanca. Não à toa ela tem até assento no conselho da organização – continuou, voltando a ficar tensa. – E é justamente por isso, que ela está arriscando sua reputação por mim! Qual vai ser a reação dela? Não digo só por mim, mas pela Márcia também! Eu me preocupo muito com a Márcia. Ela só virou matadora, para se vingar dos homens. Isso por que foi abusada por um tio na infância. Eu sou tudo para ela.

A despeito da minha perplexidade sobre o que eu ouvia de uma moça na casa dos seus 20 anos, aproveitei a sua aflição para tentar decifrar alguma coisa daquele mundo kafkiano:

– Você é tão nova! Por que entrou nesse meio?

Ela me respondeu tão repentinamente, que pude até perceber traços de ingenuidade em suas expressões:

– É que eu nasci para matar! O ser humano é assim, só que, para muitos, falta coragem. Nós somos muito bem treinadas aqui. Além de termos aulas de tiro, artes marciais, meditação, idiomas e boas maneiras, também estudamos cultura geral. Já ouviu falar do Massacre de Nanquim? Foi quando 200 mil soldados chineses desarmados foram decapitados e 20 mil mulheres violadas. Sabe por quem? Pelos disciplinados e submissos japoneses! Quem diria, né? Independente da nacionalidade, dependendo das circunstâncias, todos nós somos capazes das maiores atrocidades. É a história da nossa civilização!

Embora cada vez mais surpreso com suas respostas tão bem articuladas, segui meu repertório de perguntas pueris:

– Me diz uma coisa, por que vocês passam o dia assim, seminuas?

Sorrindo, ela respondeu:

– Nossa organização é composta exclusivamente por mulheres. Todas lindas. E a sedução está no pacote para atrair os alvos. Como os chefes são todos homens, eles ordenam que passemos um período só de lingerie para ajudar nessa prática. Só que, na verdade, eu acho que é para eles verem a gente sem roupa e selecionar as mais bonitas para as melhores missões. – Riu. – Por isso, todas nós esbanjamos charme para essas câmeras que nos filmam 24 horas por dia. Sabe como é: tudo é dinheiro!

Se eu me achava um simpatizante do capitalismo, perto desse pessoal, eu era um trotskista radical. Após esse breve amainar, voltei a ser instado com ânsia:

– Mas, por favor, me diz o que eu digo pra Dama! Ela tá chegando a qualquer momento!

Sem ter muito o que aconselhar a alguém daquele universo, recorri a um chavão:

– Diga a verdade!

Ela suspirou abaixando os olhos, talvez por esperar uma resposta milagrosa.

Nesse momento, a campainha tocou. Ela tomou um susto e me suplicou:

– É ela! Me desculpe, mas, por favor, o senhor pode levar a sopa para tomar no seu quarto?

– Claro! – respondi.

Quando eu ia me levantando, ela segurou os meus braços com firmeza, porém, me encarando com um olhar frio e inflexível, pediu ainda:

– Pelo amor de Deus, não conte isso para ninguém!

Acho que não respondi nada, espantado diante o que eu acabara de testemunhar ser um olhar assassino.

Fui para os meus aposentos e nem levei a sopa. Aquele glamour gastronômico já estava me causando repulsa, pois eu passara a associá-los aos crimes que os proviam. Com a porta entreaberta, fiquei a observar a cena.

Surgiu no salão uma senhora muito elegante, com ares aristocráticos, aparentando uns 70 anos de idade. Era a Dama da Mauser, supus. Ela trajava um vestido reto, cinza, recortado sob os seios que modelava seu corpo delgado sustentado por um pescoço alto, que deixava sua silhueta alinhada sobre um sapato aberto de salto médio, combinando com a meia-calça.

A Dama passou um sobretudo preto para o empregado engravatado que havia lhe atendido à porta, mas não lhe entregou a bolsa.

Tenaz, ela caminhou em direção à sua paixão, que estava sentada num sofá, e a levantou, começando a beijá-la, com muita vontade, enquanto segurava seu cabelo com força, pela nuca.

A bolsa se estatelou no chão e, pelo barulho, a Mauser HSc 7.65mm devia estar lá dentro.

Suas mãos enrugadas e manchadas pelo tempo eram ágeis e igualmente delicadas. Percorreram o corpo da outra e, quando chegou aos seios, ela os olhou sem cerimônia e os acariciou até mordiscar os mamilos.

A moça que se supunha entregue, quando a Dama da Mauser começou a enfiar a mão por dentro de sua calcinha, não lhe retribuiu as carícias e a impediu de continuar.

Após uma breve pausa, elas iniciaram uma conversa em voz muito baixa, quase inaudível, mas visivelmente tensa. Apos uns poucos minutos, a confabulação cessou, e, sem despedidas, a mulata se retirou do salão, nitidamente constrangida.

Dama da Mauser suspirou e, sem perder a compostura, pegou a bolsa do chão e sentou-se no sofá. Puxou uma cigarrilha e a acendeu com um isqueiro dourado. Conforme tragava, seus olhos lacrimejavam.

Foi o tempo do cigarro se consumir entre os seus dedos para ela se levantar, aparar com o dedo mindinho uma lágrima que escorria do seu olho direito, e partir em silêncio.

Praticamente não dormi naquela noite. Tresloucados devaneios me rondavam a cabeça, nos quais cogitei matar todo mundo naquela casa. Como dissera minha recém-confidente "dependendo das circunstâncias, todos nós somos capazes das maiores atrocidades".

Ao me levantar pela manhã, estava determinado a sair dali. Enquanto me vestia, refleti sobre um dito popular: "você é aquilo que pensa". Então, como eu sempre disse, se fosse morrer que morresse trepando.

Cheguei ao salão. Fiquei abismado ao encontrar Lankszner majestosamente à cabeceira da secular e imponente mesa com seus doze lugares. Ele saboreava o café da manhã em louças de porcelana, ladeado por outra deslumbrante mulata, comportadamente vestida. Devia ser a tal noivinha dele, de quem Kátia tinha falado.

Ao me ver, ele disse, animado:

– Bom dia! Vai nos dar o prazer de sentar-se à mesa conosco?

Nada respondi. Fui em direção à porta. Estava trancada.

Claro que minha situação era grave, mesmo assim, fui estoico em fazer um pedido, temendo que fosse o último:

– O senhor pode pedir para abrir a porta, por favor?

Lankszner, sem alterar a voz, respondeu:

– O senhor me perdoe, mas receio não poder atender ao seu pedido, no momento. Mas, por gentileza, venha apreciar nosso dejejum. Hoje temos ovos beneditinos com molho *Worcestershire* apimentado, com toques de limão, bacon e torradas amanteigadas, acompanhados por...

O interrompi bruscamente:

– Chega! Não aguento mais essas comidas banhadas em sangue! Quem o senhor pensa que é?! Deus?!

Placidamente, ele tomou mais um gole do café. Pousou sua xícara no pires. Passou cuidadosamente o guardanapo de tecido pelos lábios e o pôs sobre a mesa. Levantou-se com o auxílio da moça, que o acompanhou até à janela, e começou a discorrer, enquanto contemplava a paisagem:

– Agora que o senhor está entre nós, eu lhe digo. Depois que se mata alguém, a pessoa fica diferente. Não saberia explicar como. Depois de matar muito, você acaba mesmo se sentindo poderoso. Se não for uma pessoa equilibrada, corre o risco de se achar Deus. Mas, quem sou? Sou um reles pecador, que nem tem o direito de lamber o chão por onde Jesus já passou.

Destemido, disparei:

– Eu não sou um de vocês! Nunca matei ninguém! Qual a sua concepção de Deus? Quantos o senhor já matou? Não sente remorso?

– Primeiramente, lhe digo que sou um fascinado pela fé! Quantos que se diziam ateus, diante da minha pistola, suplicaram em nome do divino Espírito Santo para que eu não efetuasse o disparo fatal? Sempre em vão, obviamente, mas, mesmo assim, a religiosidade sempre me atraiu. Tanto, que sou um caso raro de judeu que se converteu ao cristianismo e, mais recentemente, ao catolicismo. Sou praticante, vou à igreja todo Santo Domingo. Aliás, não mato ninguém aos domingos"

Tranquilamente, ele seguiu respondendo, de costas para mim:

– Sou profissional desde os 22 anos. Faça a conta, e imagine quantas vidas já aniquilei. Só não mato crianças. Pelo contrário, mato assassinos de crianças. Sobre remorso, pode parecer ignominioso, no entanto, se eu o tivesse não teria a profissão que tenho. Mas sobre esse aspecto, tenho uma história que talvez possa responder, em parte, a essa sua curiosidade. Nos início, nossa organização era composta basicamente por homens. Triste época. As mulheres são profissionais mais donairosas, além de despertarem menos suspeitas. Pois bem, quando comecei, eu tinha um parceiro. Um grande amigo. Mas ele começou a quebrar as regras.

"Se envolveu com drogas e, para sustentar o vício, passou a aceitar qualquer trabalho sem o mínimo critério. Evidentemente, os chefões na época, concluíram que ele estava comprometendo a organização. O mundo dos negócios, em todas as suas esferas, é cruel. Então, adivinhe quem eles incumbiram de eliminá-lo? Eu e outros dois, que também eram próximos dele. Então nós armamos uma arapuca. Ofereci um jantar na minha casa, cujo prato principal era galinha ao molho pardo, a refeição predileta dele. No plano inicial, eu ia cozinhar, e os outros dois iriam matá-lo após o jantar. Pelo menos, queríamos que ele tivesse esse último prazer. Porém, ao nos cruzarmos na cozinha, ele me puxou pelo braço e disse: 'Lankszner, você está estranho comigo. O que está acontecendo?' Antes de ele terminar de falar a palavra "acontecendo", eu percebi que ele ia sacar o revólver. Só que eu saquei primeiro e atirei, de baixo para cima, atingindo suas narinas. Ele caiu de joelhos, ainda vivo. Aí, os outros dois colegas chegaram e disseram: 'Da outro tiro, da outro...' Eu então coloquei a pistola na cabeça dele e disparei. Ele estava olhando para mim, antes de tombar no chão sem vida. Desde então, sonho quase todos os dias com aquele olhar. Assim é a vida de um assassino profissional"

Sabendo que não devia, descarreguei:

– Psicopata!

Sorrindo ele disse:

– As pessoas repetem jargões sem nem saber ao certo o seu real significado. Seja etimológico ou científico, não sabe do que estão falando. Apenas repetem. Beócios!

Com os olhos franzidos de ódio, e talvez já dando tudo como perdido esconjurei:

– Viado!

Sua noiva me olhou estarrecida, e ele se virou para mim, impregnado de cinismo:

– Que forma mais preconceituosa de tentar ofender alguém, cavalheiro! Não sou uranista. Mas confesso que, às vezes, gosto de sodomizar homens. Que tal?

Eu estava pronto para cair de porrada em cima dele e, provavelmente, levar uma bala no meio na testa antes de dar meu primeiro passo, quando ouvi uma voz:

– Oi!

Me virei. Era Kátia. Ela havia aparecido do nada! Eu a abracei e acabei chorando no seu ombro. Copiosamente. Ela me acolheu com carinho, e disse:

– Acabou, baby. Eu tô aqui. Vamos embora.

Me recompus. Nos demos as mãos. Kátia e Lankszner trocaram olhares tensos.

Ela deu as costas para ele, e seguimos porta a fora.

Ao passar pela mesa rústica no alpendre, ela pegou o balde de gelo com uma garrafa de Dominio de Tharsys lacrada. Com a outra mão, colocou duas taças emborcadas dentro do balde, e pediu para que eu pegasse a caixa de papelão branco com umas duas dezenas de mini *wraps* de parma e rúcula.

A cada passo por aquele jardim, eu esperava levar um tiro nas costas, fosse por Lankszner ou por alguma Barbie, ou ser abocanhado pelos rottweilers que permaneciam perfilamos a poucos metros.

Mas a determinação de Kátia em caminhar sem acelerar o passo, me apaziguou um pouco. Era uma bela manhã de sol. Após dias trancado naquele manicômio, foi maravilhoso ouvir os pássaros que chilreavam e presentear meus olhos desabitados com um verde tão bonito de frondosas mangueiras e prímulas.

Ao passar por um dos *hostess* da casa, ela disse, sem encará-lo:

– Até qualquer dia, Bobby.

Ele respondeu com um sorriso:

– Tenha um excelente dia, dona Kátia.

A mim, disse:

– Passar bem, senhor.

Chegamos à rua, são e salvos. Eu e Kátia entrelaçamos as mãos com vontade e seguimos em direção a uma faixa de carros. Era a primeira vez que andávamos de mãos dadas.

Apesar da tensão, meu coração se enchera de ternura. Entramos num Fiat Marea turbo, talvez ano 2007, mas em muito bom estado.

Ela, ao me ver observando o veículo, após acomodar o balde no piso entre os bancos na parte traseira, falou:

– Comprei hoje. Não é zero, mas corre a beça! E é isso que a gente vai precisar a partir de agora. Coloca o cinto!

Eu não tive tempo de perguntar mais nada, pois além do Guns'n'Roses às alturas, e da caixa de salgadinhos no meu colo, ela saiu com o carro em disparada. Algo nela tinha mudado.

Sua expressão sutilmente constrita me fazia crer que ela havia se cansado de ser impecavelmente bela. Notei que, enquanto dirigia, sua mão esquerda segurava uma pistola engatilhada. Gelei.

Capítulo 12

Embora fosse nítido o quão crítica era nossa situação, eu não sabia detalhes. Ela iria me matar? Achei melhor ficar calado e confiar nas suas habilidades de pelo menos nos tirar dali.

Nosso carro entrou e saiu de estacionamentos de shoppings, subiu e desceu ladeiras e fez curvas e mais curvas em diversos quarteirões. Não seria mais lógico trocarmos de carro? Eu jamais me atreveria perguntar. Enquanto isso, a versão do Guns'n'Roses para "Live and Let Die", que se repetia no som do carro, consubstanciava o clima de aventura e suspense, chegando até a me divertir. A vida tinha mudado por completo.

Finalmente estacionamos, numa bucólica rua de paralelepípedos. Ela desligou o som, mas deixou o motor ligado. Continuávamos em silêncio.

Depois de muito observar ao redor, ela sacou um controle remoto que abriu a porta da garagem de um prédio em frente, e entrou direto numa curva fechada, porém milimetricamente perfeita.

Mal o carro entrou, a porta da garagem abaixou. Coisa de profissional.

Era um prédio simples de três pavimentos, sem elevador ou porteiro. Subimos apressados os três lances de escadas. Eu, apenas segurando a caixa de papelão com os sanduichinhos, cheguei colocando a língua para fora, enquanto ela, embora estivesse carregando a bolsa, mochila, balde de gelo – aquela altura já cheio de água – aparentava como se nenhum esforço tivesse feito.

Em frente ao nosso suposto apartamento, ela me passou todo o peso que segurava, ao mesmo tempo em que me afastava para trás. Sacou a pistola, e abriu a porta com cautela. Engoli em seco.

Foi até a sala, com a arma em punho, olhou discretamente pela janela, e me deu um sinal de *ok*. Ao botar meus pés lá, ela recomendou:

– Não chegue na janela!

Era um apartamento simples de quarto e sala, tipo aqueles já alugados com mobilia barata. O melhor era a vista, de frente para uma floresta. Parecia que todos esses assassinos escolhiam locais indevassados.

Caramba, eu já estava me referindo à Kátia como assassina, com naturalidade! Melhor nem pensar.

Ela olhou para mim e sorriu, retomando sua contumaz serenidade.

Com uma mão no gargalo e outra na base da garrafa do espumante, ela começou a rodar cuidadosamente a rolha até soltá-la por completo e estourá-la no ar. Encheu as duas taças, as ergueu e exclamou:

– É isso, baby! Agora estamos por nossa conta e risco. Pelo menos sobrou um Dominio de Tharsys.

Disponibilizamos na pequena mesa de quatro lugares, além do espumante e da caixa com os *wraps*, uma garrafa d'água. Nossa fome fez com que comêssemos e bebêssemos silenciosamente. Saciados, ela, sem delongas, sugeriu:

– Precisamos conversar.

Era tudo o que eu queria. Levantamos da mesa e nos sentamos num sofá. Com nossas mãos entrelaçadas, olhos nos olhos ela começou:

– Como já te disse, sou a assassina top de uma organização internacional. Chego a faturar 25 mil dólares por missão. Parece muito, mas é apenas uma ínfima porcentagem, em cima dos cerca de 1 milhão de dólares que contratam por cada serviço. Assassinato por encomenda, dependendo da área em que ocorre, é *big business*! O meu é o segmento luxo – Riu. – Sou culta, discreta e limpa. Já matei tanto, que a coisa se tornou um vicio. Quando me dá vontade, mato de graça. Nunca inocentes. É a ética que tenho. Ou a única que restou. Sei lá!

"Imagino como isso tudo deve soar horrível pra você, mas assim eu me tornei. Viciada em ver aqueles últimos momentos da vida de alguém se esvaecerem sob o meu controle e poder. Antes que você me pergunte como isso tudo começou, te digo como simples acasos podem dar em algo terrível.

"Nasci num lar de classe média, sem grandes dramas. Talvez por uma mistura de educação conservadora aliada ao fato de ser a ovelha negra da família, para sobreviver, aprendi a mentir muito bem. Claro que essa conjunção se refletiu nos meus relacionamentos. Me habituei a ser manipuladora, talvez para me defender de uma baixa autoestima. Nunca me relacionei com quem eu de fato queria, e sim com piões – faxineiros, pedreiros, garçons, etc. 'Não seja preconceituosa, Kátia!' era o que eu sempre dizia para mim mesma. Mas aqueles pobres coitados eram mais fáceis de manipular! O ser humano é manipulador, o problema foi que eu acabei me viciando nisso. Mesmo que aquilo nunca tenha me feito uma mulher feliz, era como se eu me satisfizesse destruindo a vida deles, além do que, nunca fui fiel, e de certa forma, eu permitia que eles soubessem. Eu tinha prazer em fazê-los dependentes de mim emocional e sexualmente, e depois, de uma forma muito sagaz, eu lhes causava ciúmes, e os fazia se sentirem diminuídos, sob o peso de críticas cada vez mais violentas. Quando os largava, eles estavam liquidados, endividados financeiramente e deprimidos. O melhor é que eu jogava tão bem, que eles continuavam a me implorar para voltar, e eu me fazia de vítima para que eles se sentissem culpados.

"Até que topei com um cara que era muito melhor do que eu na arte de manipular. Ele era um político e se dizia loucamente apaixonado por mim, embora fosse casado. Ele prometia que ia deixar a esposa para ficar comigo. Acabei gamada por ele. Passado um tempo, ele começou a se mostrar: era corrupto, envolvido em super faturamento de merenda escolar, mas posando para sociedade como um defensor de Deus, da família e dos bons costumes. Ele também era um gay enrustido. Loucura, né? Além da esposa, até a amante ele queria que fosse de fachada – Kátia riu. – Eu já vinha desconfiando, pois ele era ruim de cama pra caralho! Mesmo assim, me submeti a ser sua 'amante'.

"Certa noite, estávamos voltando de um restaurante. Ele, dirigindo bêbado, ao avistar um casal de homossexuais numa rua deserta, acelerou e atropelou os rapazes. O impacto foi tão forte, que eles tiveram morte instantânea. Após o acidente, ele comemorou. Dia seguinte, passou o porre e ele com medo das consequências, propôs colocar a responsabilidade em mim, em troca de grana e de uma boa banca de advogados. Eu não aceitei, pois sabia que ele ia me queimar e sair fora, mas aí ele me ameaçou e me agrediu pesado. Isso mesmo. Ele não sabia chupar uma buceta, mas sabia muito bem bater em mulher. Sai dali toda arrebentada, mas não fiz uma denúncia. Não por desinformação, mas porque eu sabia do meu potencial. Fui bem racional. Depois, soube ser essa uma premissa básica para um assassino profissional: não matar com o coração, embora eu quisesse me vingar naquele momento.

"Fiquei planejando por meses o assassinato dele. Me facilitou conhecê-lo bem. O que demorou, foi que eu queria que fosse lento e cruel. Embora, para isso, bastasse eu trancá-lo num quarto cheio de mulheres nuas. Armei tudo sozinha. Não vou te contar o que fiz com ele, pois você ficaria com medo de mim. Mas executei tudo tão bem feito que eu nem entrei no rol de suspeitas pela polícia. Mas aí é que vem a questão. Nossa polícia é muito despreparada. Nossa bandidagem não. Não digo a bandidagem pobre, digo a rica, de colarinho branco.

"Pois aí, os próprios comparsas dele sacaram que tinha sido eu a matá-lo. Chegaram até mim. Eu achei que ia morrer, mas, para minha surpresa e alívio, eles me parabenizaram, pois o covarde já estava sendo um problema há algum tempo, com sua ostentação, garotos de programa chantagistas e vicio em cocaína e pôquer. Eles acharam que fiz tão bem feito, que me propuseram eliminar um empresário que estava querendo delatá-los. Não tive escolha. Fiz. Foi fácil. Só tive que botar em prática tudo que eu sabia fazer para levar a vítima ao seu destino final: manipular.

"Ganhei uma puta grana. Gostei! Com o tempo, as propostas foram crescendo, a grana aumentando, até eu chegar a essa organização internacional em que estou, ou melhor, estava."

Eu a interrompi:

– Estava?

Ela fez uma breve pausa e continuou:

– Depois da agressão do meu "amante", eu sofri muito, mas não me retraí. Segui nos relacionamentos abusivos, mas sem nunca me apaixonar por ninguém. Era refratária a isso. Até porque sabia dos limites da minha profissão. Por outro lado, os homens que eu sempre escolhia não ajudavam. Até você aparecer. Um cara bonito, interessante, encantador e que se entregou a mim de forma fulminante. Seria outra presa fácil, mas me encantei por você. Era tão improvável e ao mesmo tempo arrebatador, que relutei muito. Cheguei ao ridículo de me confessar manipuladora, como querendo que você próprio se afastasse, mas isso não aconteceu, muito pelo contrário. Acabei cedendo. Foi mais foi forte do que eu! Acho que me cansei de renegar o amor por todos esses anos, através desses pobres diabos. – Pausa.

– Você não tem ideia, mas você me ajuda em muita coisa. Eu te peço ajuda. Pode não ser claramente, mas eu te peço. Espero um dia, aprender a te pedir ajuda mais diretamente – disse ela, com os olhos marejados. – O problema é que te coloquei nessa ciranda fatal. Por favor, me perdoa!

Nós nos abraçamos. Seu corpo tremia ao chorar. Nunca tinha ouvido ou visto alguém chorar daquele jeito. Parecia um pranto visceral que vinha do fundo de suas entranhas.

Com nossas mãos ainda coladas, e ela mais calma, comecei a falar um pouco de mim. Talvez, pela primeira vez, de forma menos superficial:

– Eu acho que, realmente, nunca me apaixonei por ninguém. Queria curtir a vida, e quem sabe, num futuro distante, encontrar alguém. Até que você apareceu. Eu poderia recorrer a uma explicação óbvia de que me fartei de ter todas e, na verdade, não ter nenhuma. Mas, quem sabe, flertar com o perigo pode ter sido uma maneira de me estimular a amar. Se for para morrer que morra trepando!

Ela explodiu numa gargalhada. Eu até me assustei.

– Genial! No fundo, sempre pensei nisso! – continuou ela.

Rimos juntos. Mais relaxados, nos levantamos e fomos nos agarrando para o quarto. Meu coração não queria mais o futuro. Queria tudo pra já!

Ela, uma desconhecida. Talvez amar seja perder o tom. Uma ilusão. Subimos na cama, um de cada lado, e de joelhos nos aproximamos até nos tornarmos um só.

Despimos um ao outro lentamente. Ela estava com uma calcinha marrom. Fim da organização!

Olhei nossos reflexos em um espelho próximo à cama, e gostei muito do que vi, principalmente ela, uma mulher bonita, sensual. Firme e gostosa, até mesmo aquele reflexo passava a sua maciez.

A fria estação nos eriçava. A paixão nos absorvia em tudo. Seus olhos eram estrelas cintilando. Eu lhe afastei os cabelos, que se espalhavam cobrindo as protuberâncias curvilíneas de seus seios, para tê-los só para mim.

Nossos tatos buscavam caminhos de forma laboriosa e lasciva, que se estendiam a todos os sentidos. Sua pele sedosa e suave se arrepiava ao meu mínimo toque, enquanto suas mãos rolavam pelos meus cabelos, em carícias sutis que se tornavam poderosas, descendo suavemente até meu sexo, que embora firme, não se coadunava com minhas pernas trêmulas.

Ansiosa, aflita e faminta, minha língua passou a percorrer seu corpo, lambendo-a do queixo, às clavículas, mamilos, ao ventre até me lavrar em sua flora pubescente.

Depois de beija-la sem pressa, me inclinei sobre seu corpo, abri o meio de suas pernas e a penetrei devagar – poro por poro.

Seus justos anéis se desmanchavam, abrindo um caminho delicioso para mim. Senti andarem pelo meu corpo espasmos acumulados e refletidos. No dela, espasmos lânguidos e cenicamente preguiçosos ou sonolentos.

Seguíamos com nossas palavras quase inaudíveis entre gemidos. Não queríamos que aquele momento acabasse. Extasiados, copulando, chegou um ponto em que não pudemos mais nos conter e algo derreteu-se em nós, naquela fornalha corporal, me fazendo desfalecer em cima dela... indefeso entre seus braços acolhedores.

Tudo pareceu tão rápido, mas ao ver em seu corpo desnudo um luar aveludado cobrindo sua pele, recuperei a noção da hora. Dormimos abraçados. Acordei assustado de um sono profundo. No reflexo, me levantei da cama.

Demorou uns segundos para saber onde eu estava. Kátia me olhava como se tivesse acordado com o meu repentino despertar. Olhei para o relógio e ainda eram 4:09h da manhã.

Voltei a me deitar, mas estava descansado e feliz, embora consciente de que tudo havia mudado radicalmente, a ponto de eu não ter a mínima ideia do que iria acontecer no segundo seguinte.

Para quem passou a vida preocupado com o futuro, fez planos de previdência privada, juntou grana, passou o inferno para comprar um apartamento, e abandonou tudo por um louco amor, poder morrer a qualquer momento, por incrível que pareça, era ao mesmo tempo aterrorizante e libertador. Melhor nem pensar.

Com ela de bruços, meus dedos, percorriam suas nádegas, sem controle, sem conseguir esconder minhas reais intenções.

Ela, querendo dormir, puxou minha mão e a trouxe para si, fazendo com que voltássemos a ficar abraçados e deitados. Me acomodei àquilo. Cochilei. Quando despertei, eram quase 7:00h, e ela já estava acordada. Belamente nua, recostada na cabeceira da cama, com as pernas esticadas e checando sua pistola dourada.

Aquilo daria um belo ensaio fotográfico, ou seria um perfeito cartaz para um filme policial barato, da década de 70. Ela sorriu para mim:

– Bom dia!

Me levantei e pelo medo que a arma impõe, apenas lhe enviei um beijo pelo ar e fui tomar um banho rápido. Saí do banheiro direto para cozinha e fui preparar nosso café.

Demorei um pouco até localizar tudo, mas consegui fazer uma bandeja com os produtos que lá estavam – pão francês com manteiga e queijo prato, mamão papaia e café. Ao ver uma nota fiscal caída no chão, com aqueles mesmos produtos, senti alívio e certa angústia por ela ter cuidado de tudo de forma tão meticulosa, apesar de toda a pressão. Melhor mesmo nem pensar.

Levei aquele simples, mas feliz café da manhã para a cama.

Me curvei até ela, mas, por precaução, afastei a mira da arma para o outro lado. Fui a beijando da virilha até a boca, para dizer decentemente:

– Bom dia, meu amor! – Acho que nunca chamei ninguém de amor...

Ela pegou seu celular e respondeu:

– Pouco antes da gente se encontrar, eu vinha ouvindo essa música sem parar. Acho que era um sinal. Ela colocou no aplicativo "As Dores do Mundo" de Hyldon.

Ouvimos em silêncio enquanto comíamos:

E eu vou!/ Esquecer de tudo/ As dores do mundo/ Não quero saber/ Quem fui/ Mas sim quem sou/ E vou!/ Esquecer de tudo/ As dores do mundo/ Só quero saber do seu/ Do nosso amor"

A emoção suscitada por aquela música não nos tirou a brejeirice em consumir aquela pequena refeição, entre muita conversa, risos, beijos e boquetes mútuos. Nem parecia que estávamos com a cabeça a prêmio. Sugeri fazermos amor, mas ela quis tomar um banho primeiro.

Não sem antes, levar a pistola consigo. Aquilo para mim ainda era estranho. Até quando? Levei a bandeja de volta para cozinha. Lavei a louça e não tive como não pensar nessa minha nova vida. Uma certa sensação de pânico me abateu.

Voltei ansioso para sala.

Abri a janela e fiquei a divagar olhando aquela rua quase deserta, a exceção de um carro da companhia telefônica, onde dois homens preparam uma mini escada magirus para subir num poste em frente.

Saí da janela. Não era mais conveniente, lembrei. Fechei.

Ouvi o barulho da ducha cessar. Passaram uns minutinhos e ela abriu a porta, deslumbrantemente nua, mas com a pistola na mão...Outro *display* perfeito para um *thriller* B. Mais para pornochanchada, me dirigi a ela, possivelmente com um olhar tarado.

Ela não demonstrou reciprocidade. Pelo contrário, parecia estar numa tensão crescente e, subitamente apontou a sua máquina dourada em minha direção.

Arregalei os olhos sem entender nada, mas consciente de que tudo havia acabado. Coloquei as mãos sobre a cabeça e me encolhi de pé.

Escutei um estampido retumbante. As pernas me faltaram, e despenquei de joelhos, com todo meu peso sobre o chão.

Na fração de segundo que se seguiu, senti alguém me puxar pelo braço violentamente. Abri os olhos. Era Kátia me jogando para trás dela e disparando outra vez.

Ainda consegui ver, de relance, um homem com o uniforme da telefônica segurando um revolver voar pela janela e despencar para rua.

No assoalho do apartamento, muito vidro estilhaçado que eu não ouvira quebrar.

– Se arruma! Vamos ter que sair daqui! Rápido!

Em cinco minutos, já estávamos no carro, saindo da garagem. Na rua, dois corpos estendidos no chão, onde já se aglomeravam alguns populares.

Reparei que olhavam para nós. Aceleramos e ganhamos velocidade. O som do carro estava desligado. Seria um indicativo de que ela não estaria tensa?

Acho que sim, pois no momento seguinte, Kátia me sugeriu:

– Coloca uma música!"

Fiquei meio sem ação. Ela insistiu:

– Desta vez, escolhe uma música que você goste . – Não pensei muito e pus "Love Me Tomorrow" com Boz Scaggs.

Aos primeiros acordes de vibração otimista, com uma linha de bateria proeminente junto ao baixo que acentuava um elegante teclado, ela pareceu reconhecer a música, que provavelmente tinha a idade dela.

– Uh-huh! Adoro! Aumenta!

Era bizarro. Após ter acabado de presenciar dois assassinatos, e com a certeza da enormidade dos perigos que iríamos enfrentar, lá estava eu dançando no banco do carona. Ela, certamente, já havia experimentado tudo aquilo. Eu não.

No entanto, meu estado não era de calma ou apreensão.Era algo que eu nunca havia sentido. Involuntariamente, tive uma ereção.

Ela reparou. Sorriu.

Enquanto dirigia com uma mão no volante, e outra na pistola, disse:

– Vamos resolver isso já.

A vida tinha, de fato, mudado completamente....

Capítulo 13

Estava óbvio que éramos perseguidos por alguém, embora ela não deixasse claro quem, e que nossa chance de escapar era próxima de zero, paradoxalmente, nosso carro parecia uma discoteca ambulante.

De repete, ela fez uma curva violenta para um atalho no meio do mato à direita.

Paramos o automóvel debaixo de uma castanheira bem copada. Com a situação subtendida, tiramos os cintos de segurança, quase ao mesmo tempo.

Ansiosa, Kátia desligou o som com um tapa de mão aberta no console e, animalizada, montou em cima de mim, no banco do carona.

Nos beijamos voluptuosamente. Ela se alongou para alcançar a bolsa no banco de trás, e me entregou uma camisinha.

Um ato dessa natureza, dadas às circunstâncias, demonstrava o quanto o nosso instinto de sobrevivência é incrível...

Procurei sentar-me mais à beira do banco para abaixar minha calça, enquanto ela tirava a calcinha amarela, quase que num show de contorcionismo.

Com uma de suas mãos esticada para trás, me encaixou de primeira e cavalgou em mim, aflita.

Acabei lhe rasgando a camisa, de onde seus peitões pularam para fora, atingindo em cheio meu rosto. Sem demora, ela gozou, e curvou a cabeça sobre meu ombro.

Muito lentamente, rocei meus lábios entreabertos por seu pescoço, enquanto acariciava com os polegares seus mamilos sedosos.

Já refeita, cochichou ao meu ouvido:

– Percebi suas intenções nesta madrugada... adoro!

Em seguida, puxou um lubrificante de sua bolsa de utilidades. Ergueu-se um pouco, nos lambuzou e foi sentando em mim lenta e deliciosamente.

Senti cada anelar escorregando e, heroicamente, segui desbravando até o talo. Os movimentos ficaram mais bruscos. Nos abraçamos e nos beijamos, até o clímax.

Satisfeitos, a princípio, eu permaneci desfalecido onde estava, e ela se jogou para o banco do motorista, com as pernas esticadas sobre o volante. Que posição sexy!

Poderia perfeitamente ser um ensaio erótico de Elliott Erwitt ou outro *display*, desta vez, para algum filme existencialista francês...

Juro que pensei em tirar uma foto, mas eu nem tinha mais celular! Ofegantes, nos demos as mãos. Suspiramos quase ao mesmo tempo e rimos dessa outra coincidência.

Olhando para o horizonte, ela disse:

– Encare isso como a coisa mais romântica a se falar agora: há anos eu não transava por trás!

Estouramos em risos. Porém, a minha alegria foi se esvaindo, e ela, ao perceber a mudança, foi parando de rir até ficarmos mudos.

Além de ser uma pausa para absorvermos aquele turbilhão de emoções, poderia ser também um momento de reflexão para nós, completamente embasbacados com a nossa muito improvável paixão. Nossa?

Rompia-se uma noite estrelada acompanhada com o brilho reluzente da prata lunar, refletindo numa massa de nuvens em prontidão. Lá fora, se ouvia o chacoalhar das folhas das árvores junto ao coro melancólico das cigarras, favorecendo ainda mais esse momento de introspecção.

Continuávamos relaxados, até ela romper o mutismo:

– Animalzinho você, hein? Rasgou minha camisa. Tá me devendo uma! – disse, enquanto pegava outra na mochila.

Recompostos, ela deu partida e fomos numa direção oposta à nossa cidade. Ao avistarmos um hotel de beira de estrada, paramos. Ela teve o cuidado de estacionar ao fundo da garagem. O local nos pareceu bastante razoável.

Um recepcionista, que parecia ter acordado para nos receber, foi bastante hospitaleiro.

No balcão, ele nos forneceu as fichas de registro de entrada, junto a duas canetas.

Ela passou para o rapaz o dinheiro junto com um passaporte polonês (!) com o nome de Nel Wietzikoski.

Seria esse o nome real dela? Certamente não era Kátia.

No entanto, para mim que sempre fui um cartesiano irritante, aquilo não era mais uma questão.

É incrível como em situações limites, desapegamos de quase tudo que fazia sentido antes. Felizmente, a mim não foi pedido documento algum. Me pareceu que o *concierge* ficou impressionado com o passaporte estrangeiro, algo que nunca deveria ter baixado por aquela hospedaria. Mas, como eu já estava previamente instruído a também me registrar com nome falso, coloquei na ficha "Adam West".

Fã é sempre fã e deixa pistas óbvias.

Chegamos ao quarto e desabamos na cama.

Até que a suíte era bem arrumadinha. Toda branca, das paredes ao piso em lajotas ladrilhadas, assim como o armário em alvenaria, ao lado da cabeceira da cama de casal, que tomava quase todo o quarto, com uma TV fixada na parede em frente.

Percebendo-a como uma militante do perigo, tensa ao checar sua arma, fixei-me em um quadro, acima da cabeceira, com uma pintura cubista e colorida de Nossa Senhora de Fátima. Independente do gosto, me apeguei àquela imagem para tentar me confortar. O que não seria nada demais, se eu não fosse um pobre agnóstico.

Nem tiramos nossas roupas. Não fizemos amor. Conversamos... a noite inteira.

Ela me fez perguntas sobre o meu passado sexual.

Fui modesto nas respostas, mas quando lhe devolvi a pergunta, ela foi pródiga, inclusive narrado com detalhes o que fazia quando da primeira vez que nos falamos por telefone.

Eu amava tudo nela, a voz, o gosto, o cheiro, o pensamento, o olhar, o desafio, o risco... Queria ter mais tempo para viver aquilo.

Comecei a apontar então, uma série mirabolante de alternativas de fuga, que ela ouvia pacientemente, para, no final, desmontar tudo de forma bastante lógica e óbvia.

Grande profissional!

Ao final, cheguei a uma brilhante conclusão:

– É... estamos mesmo ferrados.

Irônica, Kátia respondeu:

– Dessa fase nós já passamos. Agora estamos pagando para ver.

Ela riu. Parecia insólito, mas eu ri e chorei ao mesmo tempo.

Não era um choro de angústia. Parecia ser de alívio. Eu também não estava mais tendo tremores ou falta de ar. Preocupante, pois quem sabia atirar era ela.

Dormimos abraçados, um sono de sobressaltos, atentos a qualquer mínimo barulho vindo de fora. Acordamos cansados. A ansiedade de Kátia ficou um pouco mais evidente e ela não poderia continuar deitada ali, em silêncio.

Pegou sua arma e o celular e se dirigiu ao banheiro, não sem antes me alertar:

– Não atende essa porta por nada!

Permaneci na cama.

Somente naquele momento, percebi os hematomas nos meus joelhos, em virtude da queda no apartamento. Estava feio, mas estranhamente, não doía.

Fui tomado por uma calma que terminou por me atormentar.

Inexplicavelmente, voltei a ser tomado por uma exposição de todos os sentidos: ternura, raiva, franqueza, abandono, infantilidade, medo, desejo... e comecei a apertar meu membro.

No auge da concentração em minha forma cilíndrica, Kátia irrompe do toalete e diz, sorrindo:

– O mundo caindo e você aí batendo punheta.

Ela se aproximou, olhou bem para o mastro rijo da base até à ponta, e completou:

– Meu Deus, por que eu sou tão viciada nisso? – Inclinou-se e o abocanhou.

Eu fui me empolgando e tentei trazê-la para cama, mas ela resistiu:

– Desculpe. Mas agora não vai dar mesmo. E olha que sou tarada! – Riu. – Vamos ter que sair!

Insisti, mas ela foi ríspida:

– Não! Temos que sair daqui. Rápido! – Resignado obedeci.

Fizemos uma refeição matinal com o que tinha no quarto: suco de laranja em caixa, mix de castanhas, uma barra de chocolate e café instantâneo. Não era prudente ir até o restaurante.

Curioso que não estávamos com muito apetite, apesar das muitas horas sem comer.

Antes de sair, Kátia checou sua arma e pegou mais duas garrafas de água mineral no frigobar. Percebi aquilo como um provimento de guerra.

Ela pagou a conta e cochichou algo ao recepcionista, que era o mesmo da noite anterior, dando-lhe, em seguida, cem dólares de gorjeta.

Enquanto saíamos do hotel, ela, tendo percebido que eu me admirara com o valor da gorjeta, propalou:

– Quer ser bem servido... pague!

Entramos no carro. Ela estava mais relaxada. Mas percebi que estávamos voltando à cidade. Será que ela havia resolvido tudo, e nós seguiríamos a nossa vida?

Preferi fantasiar que tudo daria certo. Negação? Talvez.

Continuávamos de mãos dadas no carro, sem dar uma palavra. Ela não colocou um *heavy metal* às alturas, e sim "Te Amare" com Laura Pausini e Miguel Bosé, cantarolando junto, num espanhol que me parecia perfeito.

Jamais pensaria em colocar essa música, mais curti até a última nota, embalado pelo romantismo do tema.

Como tudo parecia tão indefinido, a cada segundo, avançando por aquela estrada! Era como se estivéssemos numa contagem regressiva para o bem ou para o mal

Ao avistar uns galpões abandonados da antiga Fábrica Viena, reconheci que já estávamos no perímetro urbano. Seguimos por um caminho de terra bastante arborizado e deserto. Estacionamos num local completamente ermo.

Ainda no carro, ela tirou outra pistola da bolsa, uma Glock preta, e me entregou. Quebrando o silêncio ordenou:

– Fica com você, por garantia. Se for atirar, mira no saco para atingir a cabeça.

Segurei sem saber o que fazer, ela pegou a pistola da minha mão, colocando-a gentilmente na minha cintura. Cobriu-a com a camisa. Como meu desconhecimento de armas é total, ela me pareceu de brinquedo, de tão leve.

Ao me encarar por alguns segundos, seus olhos estavam num azul glacial. Impessoais, pareciam olhar para além de mim.

Saímos do carro. Eu quis perguntar o que estava acontecendo, mas não sei por que não consegui.

Comecei a caminhar, parecendo estar em câmera lenta. Eu ouvia meu coração bater.

Acho que andamos uns 10 minutos, ou não...sei lá...

Chegamos a um mirante, conhecido como Vale da Morte, por ser à beira de um íngreme precipício, diante de um mar revolto e profundo, infestado por cardumes de ferozes barracudas.

Tive um mau agouro, mas, como a expressão no rosto dela era de serenidade me mantive calmo.

Paramos à beira do despenhadeiro. Avistamos o céu à frente naquele dia nublado, com nuvens de tempestade instadas sobre os picos de uma montanha.

O vento frio batia em nossos rostos. Com o abismo a centímetros do nosso lado, nos enlaçamos e ficamos testa a testa. Kátia tinha o olhar vago, quando ternamente, pronunciou:

– Te amo.

– Eu também te amo... muito – repliquei.

Emocionada, ela treplicou:

– É a primeira vez que alguém diz que me ama... muito.

Nos beijamos brevemente, seguido de um abraço apertado, quando, de repente o chão me faltou após um sutil impacto.

Meu corpo foi jogado para trás.

Não consegui gritar.

Acabou.

Epílogo

Lankszner, chegando sorrateiramente:

–Teminou...

Katia:

– Que susto, porra!

Lankszner:

– Arrependida?

Kátia:

– Claro que não! Embora ele não fosse de todo ruim... Só achei desnecessário colocar aquela arma de brinquedo na cintura dele... Ele já estava totalmente na minha mão. Não desconfiava de nada! Foi um desperdício.

Lankszner:

–Me surpreendeu eles quererem vingar a morte daquela norueguesa. Acho que o que eles queriam era dar um recado.

Kátia:

–Acabou que quem deu o um recado fomos nós. E de como somos fodásticos! Demos uma lição tanto nesses traficantes quanto nos concorrentes. Esse infeliz é que sempre estava no lugar errado, na hora errada. (Risos) Ele, que nem sabia segurar uma arma, foi tido como cúmplice pelos dois lados. E nós só o usando como isca...

Lankszner:

–Não se vanglorie tanto. O Comando vai até reformular essa uniformidade de pistolas e calcinhas iguais. Deixa rastros...

Kátia:

– Aleluia, irmão! (Risos) Nunca entendi essa galera *tão top* manter essa babaquice.

Lankszner:

–Vamos? Um voo nos espera rumo à Paris. Há quanto tempo te prometo uma lua de mel, na *cidade luz*?

Kátia:

– Caralho! Que massa! Pensei que tinham nos dado uma passagem para Las Vegas, outra vez.

Lankszner:

– Sim, foi o que fizeram. Mas nós não vamos. Vamos para Paris!

Kátia:

– Não vai dar ruim? Desobedecer o Comando?

Lankszner:

– A transgressão às vezes gera respeitabilidade... E não tem lugar melhor que Paris para uma trepada.

Kátia:

– Foda-se! Se for para morrer que a gente morra trepando!

FIM